Eva D. Thiel wuchs in Bad Homburg auf. Nach dem Studium der Sozialarbeit, arbeitete sie jahrelang mit überwiegend nichtsesshaften Alkoholkranken und Problemfamilien, bevor sie sich dem Schreiben von Prosa und Lyrik widmete. Ihre Texte zeichnen sich dadurch aus, dass sie emotionale Befindlichkeiten und die daraus resultierenden Verhaltensweisen ebenso einfühlsam zart wie analytisch klar sezierend aufzeigt.

Sie hat einen Gedichtband mit dem Titel „Kleine Festlegungen" veröffentlicht und schreibt im Moment an einem Entwicklungsroman, den sie ihrem in Großbritannien aufwachsenden Enkel widmet. Die Mutter zweier erwachsener Kinder lebt mit ihrem Mann und einer Katze in Friedberg/ Hessen.

Eva D. Thiel

Gemischte Zeiten

Kurze und kürzeste
Geschichten und Gedichte

Bibliografische Information der
Deutschen Nationalbibliothek.

Die Deutsche Nationalbibliothek
verzeichnet diese Publikation in der
Deutschen Nationalbibliografie,
detaillierte bibliografische Daten sind im
Internet über http//dnb.dnb.de abrufbar.

© 2017 Eva D. Thiel

Herstellung und Verlag

BoD – Books on Demand

ISBN 9 783744 821032

Mein Dank gilt meiner Familie und meinen Freunden, die mich ermutigten, meine Geschichten und Gedichte niederzuschreiben und zu veröffentlichen.

Ganz tief in mir

Wie uneitel

Der frühe Tag ist!

Seine Blumen

Zertrete ich nicht

Ich streichle sie

Mit meiner Morgenliebe

Frei wie das kleine Mädchen

Von damals bin ich.

Kindersommer

Im Garten hinter der Scheune hat die
Tante Stangenbohnen gepflanzt.

Nach Herbst schmeckt der Sommer nun.
Die Mirabellen sind reif und fallen ins
Barfußgras.

Wenn die Wespen kommen musst du
aufpassen, sagte die Mutter und holte
Strümpfe und Schuhe. Großmutter
schneidet den

Pflücksalat mit gichtigen Händen,
Schnittlauch noch, Petersilie, den
Borretsch mit den Leuchtblau-Blüten

Zu Rührei und Salzkartoffeln in
Dickmilchtunke süßsauer. Schon zwölf

schlug die Kirchturmglocke. Die Sonne hält den Mittag warm.

Das Klo im Hof hat einen runden Deckel aus Holz. Der liegt über dem Grauen, das in der Tiefe gärt und Schleimblasen wirft. Wenn man da versinkt, stirbt man einen schlimmen Tod, sagte der Vater.

Gestern biss mich die Gans. Wule bissen, armes Fingerchen, sag ich, bevor die Bohnen reif sind und die Tante sie pflückt.

Die grüne Schale pul' ich mit Andacht und schaue nach, was unter ihr schläft und was ich alles damit so anfangen kann und was ich gleich wieder bereuen werde.

Wie gut, Tante, dass du die Haare
hochgesteckt trägst nun mit goldenen
Haarnadeln!

Genau die richtigen für Bohnenkerne, die
herausgeholt werden müssen von weit
oben,

zwei aus jedem Loch aus
sommersprossiger Naseweißnase.

Fraglos

Nun ist es schon kalt im Garten hinter der Scheune, wo man im Sommer den ganzen Tag lang im hohen Gras spielen konnte. Jetzt stehen im Gemüsebeet nur noch ein paar Weißkohlköpfe mit ihrem in die Höhe geschossenen Kraut und stinken vor sich hin in die feuchte Luft. Der November hat die letzten Blätter auf die Erde geworfen, trägt schon den Schleier der Hoffnungslosigkeit langer Wintermonate.

Hinter den Dingen lauert das Grauen. Das kleine Mädchen kennt es seit Anbeginn der Welt. Sein Vater brachte es mit aus dem großen Krieg. Die Mutter trägt es in

sich, seit sie die Fuhrwerke einbrechen
sah auf dem zugefrorenen Haff und die
Schreie der ertrinkenden Menschen und
das Todeswiehern der Pferde sich in ihre
Erinnerung legten.

Bald werden morgens Eisblumen am
Fenster sein. Sie sind Feenküsse und nur
ein Hauch.

Jeden Abend bringt der Vater das Kind
ins Bett und macht ihm das Einschlafen
gemütlich. Aus dem Regal im Vorplatz,
das einen Vorhang aus beigem Stoff mit
einem Muster aus kreuz und quer
hingeworfenen Mikado-Stäbchen trägt,
holt er die Wärmflasche, ein seltsam
hässliches Ding aus rotem Gummi, das

blubbern muss im Bauch, um lebendig zu werden.

Er hält die Flasche mit der linken Hand an der Lasche über ihrem Hals fest, nimmt mit der rechten vom Kohleherd den blankgescheuerten Kessel mit Wasser. Der hat den ganzen Tag über dort gestanden und gesummt und gesungen.

Die angewinkelten Arme angehoben und ein Stück nach vorn gezogen, beginnt der Vater, das heiße Wasser ins Wärmflaschenmaul zu gießen. Er tut es mit Bedacht und Konsequenz, auch wenn es sich wehrt und zwischendurch immer

wieder aufstößt und einen kleinen
Schwall zurückspuckt.

Schließlich kommt der Kessel zurück auf
den Ofen, und der Vater drückt die
halbvolle Gummiflasche an seine Brust,
presst die in ihr befindende Luft heraus,
so dass sie für einen Moment oben ganz
flach und unten dickbauchig ist.

Nun schraubt er den Stöpsel hinein. Der
ist durch ein von der Mutter gehäkeltes
hellblaues Wollbändchen mit der Lasche
verbunden und kann so nie verloren
gehen. Zum Schluss dreht der Vater die
Wärmflasche um und schüttelt sie, um zu
prüfen, ob sie auch richtig verschlossen
ist und kein Wasser auslaufen kann.

Wenn die Kleine nach dem Waschen mit vor Kälte klappernden Zähnen ins Bett schlüpft, ist es dort schon behaglich warm. Die Wärmflasche trägt nun eine Handtuchbandage. „Damit sie nicht so heiß ist und du Dich nicht verbrennst", sagt der Vater.

Manchmal erzählt er vom Krieg, schiebt sein rechtes Hosenbein hoch und zeigt ihr seine Narben auf dem Unterschenkel. An der Wade war die Kugel eingedrungen, schräg neben dem Schienbein wieder ausgetreten und hatte eine längliche graublau glänzende Furche hinterlassen. „Die hat mir der Iwan verpasst", sagt er. Er krempelt den linken

Hemdsärmel nach oben und zeigt ihr auch die Narben der anderen Einschüsse.

Wenn das Licht gelöscht ist, setzt er sich zurück auf den Bettrand und singt: „Lalelu, nur der Mann im Mond schaut zu, wenn die kleinen Babys schlafen ... Bald kommt auch der Sandmann, leis schleicht er ins Haus und sucht von seinen Träumen den schönsten für dich aus...". Er küsst das Kind auf die Wange und streichelt seine Stirn bis ins Haar hinein mit seiner großen guten Hand. „Schlaf gut, mein Schnuckchen", sagt er und geht hinaus.

In der Nacht werden die hungrigen Kinder in ihre Träume kommen. Die mageren Kinder, die noch nicht einmal eine warme Decke hatten und sterben mussten in einer Gaskammer.

So hatte sie es im Radio gehört und wusste, dass sie den Vater nicht würde fragen können, was da geschehen war.

Blumen aus Eis

Da blühten morgens

So feengleich

Und winterschön

In der Sonne

Blutrotem Arm

Die Februarlilien am Fenster

Flüchtig

Und tot schon

Bevor du sie pflücktest.

Trostloses Sehnen

Morgens im Garten

Trägt die Luft noch

Die Nacht in den Augen

Jungfräulich übt das Licht sich

Da dringt Kirchglockenschlag noch

Ohne Hintergedanken ins Seelenhaus

Und all das scheint möglich

Was Tag wieder nehmen wird

Morgens im Garten

Wacht Sehnsucht auf

Und greift zurück bis

In die Kindheit

Doch zu oft auch dort

Nur ins Leere.

Irmchens Fall

Irmchen zehn Jahre alt,

ist so ein Fall für sich:

zu sensibel, zu verträumt,

zu verspielt..

Und deshalb muss

es

fallen,

ganz

t

i

e

f

Zu den ersten Erinnerungen an die beiden Schulen in der Gymnasiumstraße – erst kam die Realschule und direkt dahinter war das Mädchengymnasium – gehören die Schweinedärme in jenem seltsamen Haus ohne Fensterscheiben, an dem sie vorbeilaufen musste, wenn sie in die Schule ging: große aufgeblasene todesbleiche Luftballons, im ersten Stock nach dem Reinigen zum Trocknen aufgehängt, die sich im Wind träge hin und her bewegen, schwerelos und gewichtig zugleich, bevor sie abgenommen und, mit Fleischmasse gefüllt, zu Presskopf und Schwartenmagen und anderen Würsten verarbeitet wurden.

Jeden Morgen musste sie auf ihrem Schulweg an ihnen vorbeigehen und konnte sich nicht gewöhnen an, geschweige denn versöhnen mit deren Anblick. Ein einsames Grauen erfasste sie jedes Mal.

Mittags, wenn sie den Nachhauseweg angetreten hatte, aber registrierte sie diese kaum noch, denn da gab es für sie auf der Welt viel Schlimmeres als die mit Luft aufgepumpten Därme von geschlachteten Schweinen. Dann war sie vertieft in düstere Gedanken, die einen ganzen Vormittag lang Zeit hatten, sich im Verlauf der Unterrichtsstunden in ihren Kopf einzuschleichen und sich dort breit zu machen.

Bei Fräulein Löwe könnte man beim ersten Eindruck "nomen est omen" sagen, meinte der Vater, denn sie hatte kräftige goldblonde Haare, die ihren Kopf umrandeten wie die Mähne das Haupt des Königs der Tiere. Das war dann aber auch schon alles. Ansonsten gab es keine raubtierhaften Ähnlichkeiten: Sie hatte nichts Majestätisches, das elegant Träge ging ihr vollständig ab, ruhige Gelassenheit schien sich nicht zu kennen. Die Klassenlehrerin war überschlank, spitzgliedrig, weißhäutig, immer nervös und irgendwie ganz nett. Sie war unverheiratet, der Typ Frau, der eine gewisse altjüngferliche Zimper- und

Zögerlichkeit ausstrahlt und mit 39 immer noch bei den Eltern lebt.

Der Klassenraum roch nach den unzähligen Generationen der höheren Töchter, die dort mit steifen Rücken auf den harten Schulbänken gelernt, geweint, sich gequält und geschämt hatten.

Irmchen konnte sich nicht vorstellen, dass in ihm jemals ein Kind aus vollem Hals gelacht oder mit Lebensfreude in der Stimme laut gesungen hatte.

Wie sang sie doch selbst so gern in den ersten Schuljahren! Und weil sie so tonsicher war, bekam sie immer eine Eins in Musik. Das hatte sie jetzt auch ganz stolz dem neuen Musiklehrer erzählt, als er nachfragte. Er, ein schöner Mann mit glänzenden schwarzen Haaren, hatte ganz leicht die eine Augenbraue hochgezogen und gefragt, ob sie denn auch ein Instrument spiele. Und als sie das verneinte, kurz aufgelacht und ihr klar gemacht, dass sie damit bei ihm niemals mit einer guten, geschweige denn sehr guten Note zu rechnen hätte. Und dann hatte er noch den Kopf gewiegt, den Mund dabei verzogen und "Sachen gibt's!" gesagt.

Da hatte Irmchen hinausgeschaut aus dem Fenster und den schönen Frühling gesehen und sich gesehnt nach ihrem Musiklehrer aus der alten Schule, dem dicken Dr. Waldmann, der die ekligen braunschaligen Bananen aß, vor denen sie und die anderen Kinder sich immer ekelten, bis sie alle mal probieren durften davon und entdeckten, dass diese innen goldgelb und wunderbar süß waren.

Und der neue Lehrer hatte geschimpft mit ihr, weil sie da so in Gedanken war und ihm eine Frage nicht beantworten konnte. Das schrieb er sich dann aber sofort in sein schwarzes Büchlein, damit er sich daran erinnern konnte, später wenn es Zeugnisse geben sollte.

Hier war alles ernst. Nur ernst. Karg eingerichtet war der Klassenraum, kahl waren die Wände, einzig geschmückt durch einen großen Fotokalender mit Naturaufnahmen, auf dem "Autohaus Jäger" stand. Das dunkle Holzmobiliar atmete Ernsthaftigkeit aus, die Tafel verbreitete einen Angstgeruch nach Kreide und altem Schwamm, fast alle Lehrerinnen guckten nur streng. Der Ernst des Lebens war hier zu Hause.

Frau Kolbe, die Französischlehrerin war kräftig gebaut, trotzdem aber schlank. Sie hatte ein großes Gesicht und mittellang geschnittenes dickes aschblondes Haar. Und sie hatte Stil: In der Pause pflegte sie sich mit übergeschlagenen Beinen auf das Lehrerpult zu setzen, eine Packung Menthol-Zigaretten aus der Tasche zu ziehen, sich eine anzuzünden und genussvoll zu rauchen.

Irmchen konnte sich vorstellen, dass die Lehrerin am Nachmittag daheim in der gleichen Haltung, eine Zigarette zwischen Zeige- und Mittelfinger, genießerisch sich den Klängen von „Milord" hingab und vom Eiffelturm und Akkordeonmelodien träumte.

Ihre älteren Cousinen Rina und Gila sind auch ganz begeistert von Edith Piaf, hören deren letzte Platte wieder und wieder. Sie achten immer darauf, dass die Ärmel ihrer verkehrt herum angezogenen Strickjacken – die Knopfleiste befindet sich dann am

Rücken - weit unter dem Handgelenk, etwa in der Mitte der Hand enden. So trägt man sie nämlich in dieser Zeit und macht damit deutlich, dass man auf dem Weg ist, eines Tages eine Intellektuelle zu werden.

Sie haben Irmchen den Floh ins Ohr gesetzt, auf jeden Fall Französisch als erste Fremdsprache zu wählen. Und da sie die Cousinen sehr bewundert, hat sie ihre Eltern so lange bekniet, bis die nachgaben.

Frau Kolbe inszenierte sich vor den Schülerinnen so, als wäre sie ein Star, wenn sie die ganze Stunde über nur Französisch sprach und einen auf exzentrische Schauspielerin tat, eine strenge Lehrerin-Schauspielerin freilich, bei der man ganz schnell in Ungnade fallen konnte, wenn man nicht so funktionierte, wie sie das gern hatte.

Zu Beginn jeder Französischstunde riss sie die Tür des Klassenraumes auf, stürmte mit kräftigen Schritten herein und begrüßte die Mädchen mit einem kommandierenden „Bonjour mes enfants." Diese hatten unverzüglich zackig aufzustehen und ein knappes "Bonjour Madame" zu erwidern, was bereits nach der ersten Stunde ausgezeichnet geklappt hatte.

Ein bösartiger Mensch war sie. Das hatte Irmchen sofort eingeschätzt, behielt aber diesen Eindruck für sich und versuchte, so lieb wie möglich zu sein und so viel wie möglich zu verstehen und diese Frau am Ende vielleicht sogar zu mögen.

Und dann hatte sie sich einmal ein Herz gefasst und sich gemeldet und angefangen, von den Franzosen zu erzählen, richtigen Franzosen, die ihr Vater und sie in der Stadt erlebt hatten: Eine ganze französische Familie, Vater, Mutter und zwei Kinder. Und alle sprachen sie Französisch, und zwar ganz schnell, viel schneller als man das hier in der Klasse tat. Ja, und das war schon seltsam, dass sie diese schwere Sprache so schnell sprechen konnten.

Das versuchte Irmchen zu erzählen, aber Frau Kolbe unterbrach sie und sagte mit harter Stimme: "Papperlapapp, du bist still!" Und dann nahm sie sich Irmchens Vokabelheft und fragte sie ab, und Irmchen wusste so gut wie nichts mehr von dem am Vortag Gelernten. Da hatte Frau Kolbe gesagt: "Siehst du, deine Geschichten willst uns hier erzählen, plappern willst du, aber lernen willst du nicht."

Ab diesem Zeitpunkt schwieg Irmchen meist, antwortete nur, wenn sie aufgerufen wurde und dann fast immer falsch. Unter ihrer ersten Klassenarbeit stand eine hässliche dicke Fünf.

"Wir hätten sie doch besser in die Englischklasse geben sollen, Englisch ist einfacher", meinte der Vater zur Mutter, "da wär sie auch noch mit ihren alten Mitschülerinnen zusammen und nicht so ganz allein unter all den fremden Mädchen."

"Eine phantastische Aussprache hat ihre Tochter, eine wirklich bemerkenswert talentierte Aussprache."
Die Oberstudienrätin machte eine Pause und fuhr dann fort: „Das ist aber schon alles. Sie beteiligt sich kaum am

Unterricht, guckt nur einfältig und so, als verstünde sie gar nichts. Viel zu verspielt ist sie für ihr Alter, träumt die ganze Zeit nur vor sich hin und guckt einen ganz verwirrt an, wenn man sie anspricht. Manchmal habe ich das Gefühl, dass sie nicht ganz richtig im Kopf ist. Können Sie ihr nicht ein Aufbaupräparat fürs Gehirn geben? Es gibt da doch gute Sachen inzwischen."

Das sagte Frau Kolbe zur Mutter in einem vertraulichen Gespräch, und die Mutter sagte es Irmchen. Und Irmchen bekam Angst, so zu werden wie die verrückte Ursel auf dem Eichberg, die jüngste Schwester des Vaters, die im Krieg übergeschnappt war und nun im

Irrenhaus lebte und der Irmchen doch auch so ähnlich sehen sollte.

Ab dem Zeitpunkt bekam sie dann immer Glutamat-Pillen, jeden Tag drei und morgens, bevor sie sich auf den Schulweg machte, einen stärkenden Eigelb-Rotwein-Cocktail, der ihr prima schmeckte.

Die Noten jedoch wurden nicht besser. Französisch war eine Katastrophe. Sie schrieb eine zweite Fünf und dann auch in Mathematik eine, und weil sie so schlecht in der Schule war, auch gleich noch eine Vier in Deutsch im Diktat. Da schrieb sie "Speichel" mit "sch" am Anfang. Das hatte sie zuvor noch nie getan. Und im Aufsatz sprach sie von "Bus", viermal hintereinander sogar, und bekam das mehrmals als Fehler angestrichen: Es hieß nämlich nicht "Bus", sondern "Omnibus" oder "Autobus". Außerdem wiederholt man nicht ständig dasselbe Wort. Das lernte sie dabei.

Gedichte aber konnte sie ausgezeichnet aufsagen, weil sie sich ganz auf diese konzentrieren durfte, wenn sie die vortrug, denn sie musste nie welche lernen. Sie flogen ihr zu, so leicht, als wären es ihre eigenen Gedanken. Und sie reimten sich, waren wie Lieder fast in ihrem schönen sanften Fluss, in ihrem dramatischen An- und Aufsteigen und dem Wiederabfallen in die feierliche Ruhe, mit der sie endeten.

Das vom Kätner in der Heide, der in der Sonne saß, von Theodor Storm, war ein solches. Das hatte sie sich nur einmal durchgelesen und dann sofort gekonnt. Und als eines Morgens eine Referendarin den Unterricht mitverfolgte, war es Irma,, welche Frl. Löwe nach vorn,

rief, damit sie es vortrüge, denn sie war die Beste darin:

„Es ist so still, die Heide liegt im warmen Mittagssonnenstrahle. Ein rosenroter Schimmer fliegt um ihre alten

Gräbermale. Die Kräuter blühn, der Heideduft
steigt in die laue Sommerluft..."

Sie sah den Heideduft vor sich, wie er in Spiralen in den Himmel stieg und von diesem getrunken wurde. Tief in sich war sie wie benommen davon.

In der dritten Strophe deklamierte sie:

„Der Kätner lähnt zur Tür hinaus - lähnt passte so gut zu Kätner, weitergehen hätte es können mit gähnt und erwähnt.

...Der Kätner lähnt zur Tür hinaus,behaglich blinzelnd nach den Bienen.."

Ihr Herz begann, wie wild zu rasen. Jäh wurde ihr bewusst, dass sie schon wieder einen Fehler gemacht hatte. Wie tief enttäuscht musste Frl. Löwe nun von ihr sein, weil sie noch nicht einmal wusste, wie man lehnen schreibt und ausspricht!

Im Bewusstsein der Vergeblichkeit ihrer Bemühungen schlich sie mit hängenden Schultern zurück auf ihren Platz.

Irmchen machte nur Fehler, auch bei den Dingen, die sie eigentlich sehr gut konnte.
Nur ein einziges Mal machte sie keinen, aber das brachte dann das

Allerschlimmste von allem in diesem
Jahr..

Sehr nett war die Biologielehrerin.
Irmchen liebte sie wegen ihrer
Freundlichkeit, ohne dass diese es
merkte. Frau Müller-Elbenstein hatte ein
so hübsches Aussehen, dass man sie
immer wieder anschauen musste:
Welliges braunes Haar umrahmte ein
rundes, rosiges, mütterliches Gesicht. An
die Hüften des weichen geschmeidigen
Körpers schmiegte sich der dunkelgraue
Stoff ihres engen Rockes, so als wäre er
schon immer dort gewesen. Ihre Beine
waren weniger schön, sie sahen ein
bisschen wie Flaschen aus. Irmchen
konnte das beurteilen, denn der Vater

sagte immer, dass die Mutter so tolle
Beine hätte, so schlanke, doch
gleichzeitig nicht zu dünne Waden, nein,
Waden, die auch ein wenig muskulös
wären, gerade richtig so: Nicht zu dick,
aber auch keine Stelzen.

Doch was sollte es? Auch wenn die Beine
der Lehrerin nicht perfekt waren, so war
es die Stimme umso mehr. Eine Stimme
so süß wie ein Zuckerbonbon, eine
schmeichelnde, immer freundliche, eine
liebe Stimme, die ganz wunderschöne
Geschichten erzählen konnte, so wie
diese:

"Zizidä", zwitscherte die kleine Meise und setzte sich aufs
Fensterbrett, wo Barbara morgens nach dem Frühstück die Krümelreste ihres Marmeladenbrotes ausgestreut hatte....
Bärbel war ein Menschenkind und das Kohlmeischen ein niedliches Vogelkind, so recht possierlich in seinen flinken Bewegungen und der Geschicklichkeit, mit der es gerade dabei war, die Brosamen aufzupicken, als das Mädchen zufällig ans Fenster trat und unverhofft auf dieses wunderbare Bild stieß. So sollte jeder Tag beginnen!"

'Ach, ist das schön ", dachte Irmchen, 'und so gemütlich!' Und sie bückte sich zu ihrem Nähkorb, holte das

Stoffläppchen aus der Handarbeitsstunde heraus und begann still daran zu arbeiten, während sie besonders aufmerksam weiter zuhörte: *"Das Vöglein hob hin und wieder das Köpfchen und pickte dann unbekümmert weiter, bis es plötzlich mit seinen munteren Äugelein direkt in die von unserer Bärbel schaute".* Warum hörte die Lehrerin plötzlich auf zu sprechen? .... *Mein Kind, was machst du da?",* ihre Stimme war plötzlich strenger geworden, warum? Irmchen blickte auf *"Weißt du nicht, dass man im Unterricht aufpassen muss?" "Aber ich pass doch auf, ich hab doch nur ...",* Irmchen wurde unterbrochen, denn Frau Müller-Elbenstein fuhr fort, nun wieder mit lieber Stimme einen einzigen Satz zu sagen: *"Dafür muss ich dir leider einen Klassenbucheintrag geben."*

Und sie ging ganz ruhig zum Pult, zog die Schublade auf, holte das Klassenbuch heraus, seufzte und bemerkte, dass dies ja der allererste Eintrag eines Kindes in dieser Klasse wäre. Und sie las laut vor, während sie schrieb: *" Irmgard Mentel hat heute im Unterricht nicht aufgepasst und sich stattdessen mit einer Handarbeit beschäftigt."*

Dann klappte sie das Buch zu, verstaute es im Pult, stand auf, strich sich den Rock glatt und fuhr mit der gewohnt milden Stimme fort mit ihrer Vogel-Geschichte:

"Da war unsere Barbara aber entzückt, und ein wunderbares Gefühl legte sich auf ihr Herz..."

Irmchen hörte nicht mehr zu, und lernte dennoch etwas. Sie lernte, dass Liebe und Hass zusammengehören und dass Bösartigkeit und Gnadenlosigkeit sich gern hinter säuselnden Engelsstimmen verstecken.

In der Folge erfuhr sie, dass jede einzelne Lehrerin ihr vor der ganzen Klasse diese Schande immer wieder vorlas und sie sich jedes Mal erneut entschuldigen musste. Eines Tages hielt die Direktorin das Klassenbuch in der Hand. „Nun, das wird aber nicht mehr vorkommen" sagte

sie gnädig, „nicht wahr, mein Kind?"
Irmchen nickte und schluckte und
schämte sich wie nie zuvor im Leben.

So ging das Jahr ins Land. Inzwischen
bekam Irmchen zwei Mal in der Woche
von einer Schülerin aus der Obersekunda
Nachhilfeunterricht in Französisch und
Mathematik. Und sie schrieb eine Vier
plus in Mathe und danach eine Drei und
in Französisch eine Vier und dann eine
Vierminus und zum Schluss noch eine
Drei plus. Die aber zählte nicht so viel bei
der Notengebung, denn das war nur ein
langes Gedicht, das sie gelernt hatten
und niederschreiben mussten. „Damit ist
Dir eine Vier in Französisch sicher", sagte

der Vater und legte den Arm um sie, „siehst Du, noch mal Glück gehabt!"

Die Osterferien rückten immer näher. Einige der Mitschülerinnen waren krank und konnten nicht zum Unterricht kommen, und auch den Kaplan hatte es erwischt.

Der Religionsunterricht fand trotzdem statt. Fräulein Hinze, die evangelische Religionslehrerin, hatte ihn vertretungsweise übernommen. Ganz in Dunkelgrau gewandet, grau im Gesicht, bekümmert die Miene, betrat sie den Klassenraum und begann damit, den Noch-Sextanerinnen den Leidensweg Christi zu schildern.

Mit gepresster Stimme sprach sei davon, wie Jesus, den man zuvor gegeißelt und ihm die Dornenkrone auf den Kopf gesetzt und ihn verhöhnt hatte, sein eigenes Kreuz einen qualvollen Weg lang nach Golgatha tragen musste, wie er immer wieder stolperte und hinfiel und mit Schlägen zum Weitergehen gezwungen wurde, wie man ihn dann dort an genau dieses Kreuz schlug, wie man es danach aufrichtete, wie er dann da hing mit den Nägeln in seinen Füßen und Händen - die Stimme der Lehrerin wurde immer weinerlicher - und wie sein Körpergewicht dafür sorgte, dass sich die Wunden ganz allmählich in der Senkrechten vergrößerten – sie unterstrich ihre Worte mit sich treppenförmig aufbauenden sanften Bewegungen ihrer rechten Hand.

Ihre Stimme schien zu brechen vor Schmerz, als sie Jesus sagen ließ: „Es ist vollbracht", bevor er starb, und wie er dann endlich erlöst war von seiner Marter - Fräulein Hinze hatte nun die Hände gefaltet und mit erleichtert ergriffener Ekstase in ihrem Gesicht die Augen gen Himmel gerichtet - wie ihm ein Soldat dann die Lanze in die Seite stieß und sie aufschlitzte und sich vergewisserte, dass sich Blut und Wasser getrennt hatten, woraufhin er wusste, dass Jesus tot war.

Die Miene der frommen Lehrerin erhellte sich mehr und mehr, einem Sonnenaufgang gleich, bis sie vor Kraft und Herrlichkeit geradezu strahlte: Er ist auferstanden von den Toten, auferstanden! Er zeigte den Menschen damit, dass auch das Böse überwindbar ist und dass er mit seinem Tod die Welt erlöst hat. Eine neue Zeit konnte beginnen.

Und dann war der vorletzte Tag des fünften Schuljahres gekommen.
Der Winter war lang und anstrengend gewesen. Irmchen hatte so viel für die Schule getan wie noch nie zuvor in ihrem

Leben, hatte kaum Zeit zum Lesen von Büchern gefunden, obwohl sie das doch am liebsten von allem tat. Aber nun stand Ostern vor der Tür und mit ihm die Aussicht auf zwei lange Wochen Ferien.

In der Schule wurde nicht unterrichtet, sondern nur gespielt, denn am nächsten Tag sollte es Versetzungszeugnisse geben.

Frau Kolbe war sehr gut gelaunt, als sie mit Schwung den Klassenraum betrat. Und sie hatte sich etwas Besonderes ausgedacht. Die Mädchen mussten ihre Französischbücher aus dem Ranzen holen, und dann wurden sie aufgefordert, reihum laut denselben Text zu lesen. Es war der, den sie irgendwann im Verlauf des Schuljahres alle auswendig gelernt hatten. Jede durfte nur so lange lesen, bis sie sich verhaspelte oder einen Aussprachefehler machte. Dann schied sie aus und die nächste war dran.

Manuela Sprenger, das schönste Mädchen der Klasse, das mit dem dicken schwarzen Zopf und den tiefdunklen Augen, begann.

Sie kam bis zur Hälfte der Geschichte und dann nicht weiter. Es folgte Sigrid Fischer, die schon nach wenigen Sätzen aufgeben musste. Irmchen war die dritte, und sie las die Geschichte fast bis zum Ende fehlerfrei.

Mareike Molenberg, die Tochter des Orthopäden, las ganz gut, an Irmchens Leistung aber kam sie nicht heran, und Marianne Seifert musste gleich passen, weil sie sich räusperte.

Frau Kolbe hatte inzwischen den großen Kalender von der Wand genommen, und während Ulrike Globedanz las - die musste nach wenigen Sätzen aufhören - riss sie das oberste Blatt ab, auf dem ein Lamm auf saftig grüner Weide abgebildet war.

Als Bettina Klinger dran war, die auch nicht weit kam, begann die Lehrerin damit, einen Helm aus dem Kalenderpapier zu falten. Sie warf zwischendurch immer wieder einen verstohlenen Blick auf Irmchen und schien fast so etwas wie zu lächeln.

"Lieber Gott", betete Irmchen," lass eine andere gewinnen, ich will diesen lächerlichen Hut nicht auf den Kopf bekommen!"

Doch auch die zweithübscheste der Klasse, die blondgelockte Gabriele, deren Vater eine Buntstift-Fabrik besaß, und die mittags immer von der Mutter mit dem Sportwagen abgeholt wurde, kam über die ersten zehn Sätze nicht hinaus.

Und so ging es weiter. Keine der Mitschülerinnen holte Irmchens Leistung ein.

So kam es, wie es kommen musste: Irmchen wurde zur Siegerin gekürt und bekam von Frau Kolbe, die sich sehr freute und sagte: "Das hast du gut gemacht!", und ihr sogar die Hand schüttelte, den Papierhelm auf den Kopf gesetzt.

Doch nach dem Hinausgehen aus dem Klassenzimmer nahm Irmchen ihn wieder ab und trug ihn in der Hand, als sie nach Hause kam.

"Mutti", rief sie, "ich habe gewonnen, ich hab am längsten gelesen!" Sie war schon ganz schön stolz auf sich, trotz des blöden Helms.

Die Mutter öffnete die Tür, schaute sich nach rechts und links um und zog sie schnell ins Haus: "Halt den Mund", sagte sie, "halt den Mund! - Gerade eben war der Postbote da. Er hat einen blauen Brief gebracht. Frau Kolbe hat dir eine Fünf in Französisch gegeben, weil Deine Beteiligung im Mündlichen so schlecht war. Keine einzige der Sextanerinnen ist sitzen geblieben, nur du."

Irmchens Kinderseele schrie ganz leise auf, taumelte, stürzte in dunkle Tiefe dann, zuckte noch ein wenig und starb im Alter von elf Jahren.

So oder so oder so

Regenbogenkranz

Alles ist rund

Kein Anfang, kein Ende

Schmetterling im rosa Flügelkleid

Im Rund verpuppt noch

Unten brüllen Löwe und Stier

Stier mit dem Nasenring-Piercing

Bevor man ihn sticht und sticht

Und quält und quält

Bis der Gnadenstoß

ihn erlösen wird.

Der Adler hebt seine Schwingen

Und hat in seinem Schnabel

Nichts als ein jämmerliches Piepsen

Ein und aus atmet der Jüngling

Und trinkt das Leben, denn er ist hübsch

Grün ist die Hoffnung, kleine Zarte

Und ein Regenbogen leuchtet auch dir

Über der grünen Wiese.

Zu blutig des Löwen Leben, zu viel Blut

Läuft aus dem Stier mit dem Nasenring.

Im runden Kokon kannst du nur
vorsichtig

Die Arme bewegen, kleine Elfe.

Pass auf, deine Flügel könnten
zerbrechen

Am Siegerkranz, der dich umfangen hält,

Wenn du fliegen willst, Gefangene.

Der Junge hört nur sich

Der Adler fliegt fort

Der Löwe kann dich fressen

Der Stier wird sterben, schon bald.

Und du, Kleine?

Wenn du erwachst, und wenn du kämpfst

Und irgendwann frei sein wirst

Bist du eine alte Frau

Einst

Akelei, Tandaradei, Mädesüß am Bach
Liebte dich,'s ist lang vorbei
Denke nicht mehr nach

Leben nahm mein Sehnsucht mit
Hoffnung und mein Freud
Liebte dich, 's ist lang vorbei
Denk dran nicht mehr heut.

Manchmal aber fliegt mein Traum
Holt die Zeit zurück
Liebte dich
's ist lang vorbei
Einst warst du mein Glück.

Der Duft des Lebens

Gleich nach der Wegkreuzung wird der
Wald dichter und kann uns verstecken.
Ein Stück noch, dann sind wir da.

Eine lang hingefallene Kiefer Bank für
uns. Ein gefallenes Mädchen ich für die
Mutter. Wenn das die Mutter wüsste!

Längst ineinander verknotet wir, unsere
Körper nie mehr zu lösen voneinander.

Deine Hände überall an mir und meine so
wild auf dich. Küss mir den Mund,
gieriger Junge, wieder und wieder!

Mein Kleid ist aus Kreppstoff und
raschelt wie Laub, Mutter hat es genäht.

Eine Naht unter der Brust und eine Hand
in meinem Ausschnitt.

Wie köstlich ich deine Küsse trinke!

Die Fichte wob einen Teppich uns aus
Duft, mit weichen Nadeln.

Küss weiter! Wir werden aufsteigen und
zwischen die Bäume greifen und uns das
Himmelblau holen.

Let him swing in 77

Der Tag ist heiß. Wochenende ist, frei von irgendwelchen Verpflichtungen. Und so packen sie ihre Handtücher zusammen und Proviant für vier Personen und fahren los.

Am nördlichen Ende der Stadt beginnt die Autobahn, und Holger rast wieder einmal wie eine gesengte Sau in seinem orangefarbenen BMW 1602.

Die Kiesgrube erreichen sie in einer Rekordzeit von knapp dreißig Minuten. Von oben bis unten ist Almuth nassgeschwitzt und das vor allem wegen der ständigen Adrenalinausschüttungen, die sie während der Fahrt hatte. Sie kann wirklich nicht verstehen, was die Freundin an diesem Typ findet, zumal der auch noch grauenhaft schwäbelt.

Der künstlich aufgeschüttete Sandstrand ist voll von Menschen, die in der Sonne garen, nackt fast alle, nur wenige tragen Badekleidung.

Sie finden dann aber doch noch einen ganz guten Platz. Gustel breitet die Handtücher für Holger und sich aus, Almuth tut das Gleiche für sich und Ulli. Dann beginnen sie alle, sich auszuziehen, Gustel mit geübter Selbstverständlichkeit, Almuth etwas scheuer. Ihre blasse Haut findet sie wenig attraktiv und vergleicht sie mit der kupferfarbenen der brünetten, rassigen Freundin. Die muss sich nur ein einziges Mal in die Sonne legen, und ihre Haut hat sofort diesen schönen braunen Ton. Almuth kriegt leicht einen Sonnenbrand, bekommt Sommersprossen und wenn sie Glück hat, irgendwann dann mal den Hauch einer Bräune.

„Ich lasse meine Badehose an", flüstert Ulli ihr zu, Panik in der Stimme, „hast du gesehen, was die Männer hier für große Dinger haben? Da kann man ja Komplexe kriegen."

Almuth gefällt der Freund so, wie er ist. Aber wenn er meint.. Amüsiert denkt sie daran, dass er, der als Kind mit seinen

Eltern ein paar Jahre lang in Berchtesgaden lebte, von dort die Bezeichnung „Guckehausl" für das Beste am Mann mitgebracht hat. Wie hatten sie gelacht, als er es ihr und sie es später Gustel erzählte! Der Guckehausl guckt aus dem Haus oder sonst wo raus – seltsam, wirklich sehr seltsam.

„Warte, ich komme mit ins Wasser!", ruft sie der Freundin nach, die schon auf dem Weg dorthin ist. Auch Holger springt auf und rennt mit übertriebenen Hüpfschritten in die Wellen. Sein Gemächte hüpft mit. Ulli bleibt an Land.

Später, leidlich erfrischt, sitzen sie wieder bei Ulli. -Almuth, nackt akklimatisiert nun, schaut sich interessiert die Umgebung an. Ganz normale Menschen sieht sie: große und kleine, dicke und dünne, klein-, mittel- und dickbusige Frauen, Männer mit wenig Körperbehaarung und andere, die da viel zu bieten und Ähnlichkeiten mit Primaten haben.

Ein Paar aber sticht heraus aus der Masse: Ein Bild von einem jungen Mann, schwarze Haare bis auf die Schultern, gewachsen wie ein griechischer Gott, spielt Frisbee mit einem ebenso attraktiven jungen dunkelhaarigen Mädchen. ‚Mein Gott, wie schön sie sind! So unschuldig schön`, denkt sie und gleich darauf: ‚Es gibt doch nichts

Unerotischeres als eine Ansammlung von nackten Menschen.'

Ihre männlichen Begleiter allerdings scheinen andere Empfindungen zu haben. „Hascht Du den heißen Fäger da drüben schon gesähen?", fragt Holger und deutet mit einer knappen Bewegung des Kopfes nach rechts, wo sich eine großgewachsene Blondine mit ansehnlicher Oberweite gerade mit Sonnenschutzmittel einölt. „Hm, hm", sagt Ulli, „nicht zu verachten." „Sind die nicht blöd, die beiden Geilinskis?", meint Gustel und beißt in einen Apfel. „Willst Du auch einen?", und als Almuth bejaht, „die beiden kriegen aber nichts." Sie kichert.

Früher, als sie noch mit Puppen spielten, ließ sie sich immer „Mrs. Brown" nennen, und Almuth musste das Kindermädchen sein und ihre Befehle ausführen. Nur Mrs. Brown aus Amerika hatte das Recht, Stöckelschuhe zu tragen, spitz und hoch. Diese gehörten Gustels älterer Schwester, die sich damals auf dem Sprung in die USA befand, wo ihr zukünftiger Mann herkam.

Nun sitzt die erwachsene Mrs. Brown am FKK-Strand und verspeist gerade den zweiten Apfel, den, der eigentlich für Holger bestimmt war.

Almuth schaut versonnen aufs Wasser, soweit das bei den Menschenmassen möglich ist. Eine Tagträumerin war sie schon immer. Sie denkt an den Spanienurlaub im letzten Jahr, an das Meer, an Ullis Küsse auf schweißnassen Laken, an die Sangrias und den dicken Kopf am nächsten Tag.

„Das gibt es doch nicht!", die Freundin reißt sie aus ihren Gedanken: „Da, guck doch mal, das musst Du Dir ansehen!"

Jetzt bemerkt auch sie die beiden Männer. Betont lässig schlendern sie am Ufer des Baggersees entlang und können dennoch nicht verbergen, dass sie sich sehr für die Nackten, in erster Linie aber für die nackten Frauen interessieren, denn in regelmäßigen Abständen drehen sie verstohlen die gesenkten Köpfe in Richtung des Strandes. Eigentlich nichts Besonderes, kennt man ja auch von den GIs, die in ihren Helikoptern regelmäßig über dem Strand stehen und in ihre Ferngläser glotzen. Eines Tages drehten sie sofort ab, als eine Gruppe von Freaks ein Transparent entfaltete, auf dem „Ami go home" stand.

Hier aber ist etwas anders als üblicher Weise: Während der eine von den Strand-Schlenderern eine schwarze knappe Badehose trägt, ist sein Begleiter, aus welchen Gründen auch immer, in eine weiße Unterhose, Marke „Schießer extraweit", gekleidet, die extrem kurz, am Oberschenkelansatz reichlich Spiel hat. Und genau an der Stelle guckt vorwitzig das heraus, was er eigentlich verstecken wollte.

Almuth merkt, wie ihr das Lachen in die Kehle steigt, und sie schaut schnell weg, um nicht loszuprusten.

Doch die Freundin kennt kein Erbarmen. Sie stößt ihr die Ellenbogen in die Rippen: „Guck doch endlich! Der hat den auch noch halb ausgefahren!" „Hör auf", sagt Almuth, „ich mach mir sonst noch in die Hose, die ich nicht anhabe!", und kann sich kaum einkriegen vor unterdrücktem Kichern.

Und dann geht es am Strand los wie ein Lauffeuer: Der erste kichert, dann folgen weitere und immer mehr, bis all die vielen Nacken lachen, dass es eine Freude ist.

Später, als sie wieder zu Hause sind und, wie an fast jedem Sonntagnachmittag, Manfred vorbeikommt, wird Holger erzählen: „Und, stell Dir desch mal vor, bei dem hat das Spätzle rausgschaut." „Das war halt ein echter Guckehausl !" konstatiert Gustel und brüllt vor Lachen, und die anderen stimmen mit ein.

Die Traumhochzeit

„Komm, heirate mich", sagte er und hatte noch den Streit in der Stimme.

„Dich heirate ich nie", erwiderte sie, „ich kann doch kein Leben lang einen solchen Holzklotz wie dich an meiner Seite haben. Ich heirate keinen, der unter dem Sternzeichen „Stur" geboren wurde, nie und nimmer. Am besten, du suchst dir gleich eine andere."

„Und mir wird angst und bange, wenn ich daran denke, wie ekelhaft keifend du zetern kannst", konterte er. Eine richtige Giftspritze bist du dann. Pah, was soll ich mit so einer, die kann einem ja den Tag und die Nacht vermiesen."

„Siehste", sagte sie, „dann können wir es ja auch ganz sein lassen. Und das arme Kind hat dann keinen Vater, weil der die Mutter verließ, schon lang vor der Geburt." Sie fing an zu weinen und hatte niemanden als ihn zum Festhalten. Seine Augen waren grün und dunkel wie ein Waldsee, und sie versank.

Und dann standen sie da nun vor dem schon weißhaarigen Standesbeamten, der gar nicht herausfand aus seiner Verwirrung: Da war doch tatsächlich ein Mann, der freiwillig den Namen der Frau annahm und trotzdem seinen alten behalten wollte! Ja wie sollte der denn jetzt bloß heißen? Thiel–Schulz oder Schulz-Thiel ? Ach, Schulz wäre ihm am liebsten gewesen. Das wäre was Klares und so wie immer schon gehabt in den langen Jahren seiner Amtstätigkeiten.

„Du kannst doch nicht deinen Mädchennamen behalten", hatte ihr Vater gesagt. „Wenn das Kind dann da ist, denken alle, es wäre unehelich." „Na und?", hatte sie erwidert, „Umso besser! Sollen sie sich doch ihre Gedanken machen, die Kleinbürger! Mein Kind soll nicht Schulz heißen. Punktum."

Die Schwiegermutter in spe war beleidigt. Was für ein Drama das ist, ein

Skandal! Das hat eine Schulz wie sie nicht verdient. Es ist vorbei mit der Schulz-Dynastie, sie stirbt aus. Und daran ist nur dieses Weib schuld. (Den letzten Satz dachte sie nur, aber so laut und vernehmlich, dass Dorle ihn deutlich hören konnte.) Und der Schwiegervater war auch pikiert, aber nur, weil seine Frau das war und er seine Ruhe hatte.

Und dann standen sie alle vor dem Frankfurter Römer, schauten auf dem Römerberg in die Kamera, und Dorle schob stolz ihren Fünfmonatsbauch nach vorn und platzierte das blaue Wicken-Sträußchen so, dass es das Bäuchlein schmücken konnte. Jochen lächelte gequält und flüsterte ihr zu: „Bestimmt sehe ich wieder total bescheuert aus auf den Fotos."

Vorhin, als sie vor der Tür des Standesamtes gewartet und gehofft hatten, es möge noch recht lange dauern mit den Brautleuten vor ihnen – eine der Trauzeugen , Dorles Freundin Helga, fehlte noch und auch ihr Bruder und die Schwägerin, denn mit denen hatte Helga mitfahren wollen, und es war klar, dass das nicht glatt gehen würde, denn der Bruder kam immer und überall auf den letzten Drücker an - und Dorles Kiefer sich in gleichmäßigem Rhythmus hoch und runter bewegte, war ihre Mutter unauffällig an ihre Seite getreten und hatte ihr hinter vorgehaltener Hand mit zischelnder Stimme zugeraunt: „Nimm den Kaugummi aus dem Mund!", und Dorle hatte das getan.

Nun entdeckte sie Fratzel, der eigentlich Friedrich hieß, einen von Jochens Hippie-Freunden, der sich zur Feier des Tages ein sauberes hellblaues Sweatshirt im Schlafanzug-Look übergezogen hatte, und sie war gespannt auf die illustre Gesellschaft, die sich am Nachmittag im Hardtwald-Café versammeln würde: die ganze spießige Muschpoke auf der einen Seite, die Freaks auf der anderen.

Um den unterschiedlichsten Geschmäckern gerecht zu werden, hatte Jochen vorgebaut und mehrere Bänder mit Musik aufgenommen: Von „Take Five" über Glenn-Miller – der Schwiegervater war angeblich ein alter Big-Band-Fan – und klassischen Beatles-Songs, den Eagles und Eric Burdon bis zu den politisch korrekten Boots mit ihrem „Was wollen wir trinken sieben Tage lang?" war alles vorhanden. Sogar „An der schönen blauen Donau" hatte er im Repertoire, der älteren Herrschaften wegen.

Die Lokalität hatte Dorles Mutter ausgesucht, denn die Eltern ließen es sich nicht nehmen, die Hochzeit ihrer einzigen Tochter auszurichten, so wie es alte Sitte ist. Dafür aber hatte die Schwiegermutter nach der Trauung zu

Markklößchen-Suppe und Fleischsalat auf die Terrasse ihrer Wohnung im Frankfurter Ostend geladen.

Die Sonne brannte schon recht heiß damals an jenem Maitag im Jahre 1982, so dass man dort nur im Schutze der Markise hatte sitzen können. Dorle fragte sich, ob sie und ihre Schwangerschaft diese hochsommerlichen Temperaturen die vielen Stunden über noch würden ertragen können.

Schließlich ging es im Konvoy in Richtung Bad Homburger Hardtwald.

Im Wald-Café machte sich ihr Nun-Ehemann mit dem Doppelnamen unverzüglich an der Stereoanlage seines

Vaters zu schaffen, von diesem zur Verfügung gestellt, da von wesentlich besserer Qualität als seine. Und schon erklang laut die Stimme Van Morrisons: „She give me love, love, love, love, crazy love." Fratzel blickte herüber zu ihnen, hob kurz die Faust und formulierte ein nicht hörbares „Klasse!" „Kannst Du nicht etwas Gefälligeres spielen, Jochen?" Die Stimme ihres Vaters. Sofort war der Schwiegervater zur Stelle und Hoffmmann & Hoffmann sangen: „Himbeereis zum Frühstück, Rock'n roll im Fahrstuhl". Uwe, Jochens bester Freund, schaute grinsend rüber zu ihnen und schnickte lässig mit den Fingern im Takt, derweil Jochen „Oh no!", stöhnte,

„bitte nicht!" „So stellt sich der Herr Schulz die junge Liebe vor", stichelte Dorle, „mein Gott, wie peinlich!"

„Kurt, als nächstes spielst du aber mein Lied, ja?", rief die Schwiegermutter, die nun nie mehr eine in spe sein würde, und er beeilte sich mit seinem „Ja, Schätzche" – als alter Frankfurter ließ er immer das „N" weg.

„Ahein schöneeer Tag", sang Lena Valeitis zur Melodie des alten schottischen „Amazing Grace", und Dorle ärgerte sich nur noch und Jochen auch, und Dorles Mutter raunte ihr zu: „Sei doch einfach etwas toleranter, es ist nun mal ein besonderer Tag für uns Eltern

und Schwiegereltern! Lass ihnen doch
den Spaß!"

Schwiegermutter und Schwiegervater
drehten sich derweil auf der Tanzfläche,
und Dorles Vater sagte: „Ihr müsst auch
mal tanzen, das gehört sich so!"

„Nur über meine Leiche", raunte Jochen.

„Was Gefälligeres müsste man spielen",
sagte der Vater, „vielleicht das
Schaukellied von Peter Alexander -
weißt du, Dorle, das war doch immer so
hübsch."

Jochen stand auf, ging zur Anlage, und
gleich darauf füllte Glenn Freys Stimme

den Raum: „Come to the Hotel California. What a lovely place .."

Der Vater hielt sich die Ohren zu: „Schrecklich, diese Musik", sagte er, „dieses Yeahyeahyeah! Wie könnt Ihr das aushalten!"

Kurt war wieder in Aktion und Hofmann und Hofmann sangen: „Himbeereis zum Frühstück, träumend durch den Sonntag..", und seine Frau rief: „Aber danach bitte wieder mein Lied!"

Aein schööneer Tag!

Das Mausebad

Von Panik erfüllt war die Stimme. Er schien sie mühevoll aus sich herauszupressen, und Elsa konnte jetzt auch nachvollziehen, warum es so war.

Mit angstvoll aufgerissenen Augen blickte der Mann auf seine Handgelenke und sprach mit mattem, dennoch beschwörendem Ton: "Ich hab doch gar nichts getan. Aber schau mich mal an!" - Blut, so viel Blut. Blut, das nicht aufhörte zu fließen.. Der Mann stand unter Schock.

Und dabei hatte alles so harmlos angefangen.. .

Als Elsa die Wohnungstür öffnete, stand
da Frau Poschmann von obendrüber,
streckt ihr ein Glas mit eingelegten
Gurken entgegen und schaute sie bittend
an: "Ach, junge Frau, wären Sie wohl so
nett und würden mit dieses hier
aufmachen? Ich schaff das einfach nicht."

Elsa setzte den kleinen David für einen
Moment auf den Holzboden im Flur,
nahm der Nachbarin das Gefäß ab und
dreht am Verschluss, bis es "plopp"
macht und ihr der Geruch der Marinade
in die Nase stieg. - "Der war aber auch
fest drauf", sagte sie und dann: "Bitte
sehr, meine Dame, jetzt können Sie saure
Gurken essen." Mit einer angedeuteten

Verbeugung gab sie der alten Frau das Glas zurück.

"Ach, wissen sie, meine Liebe", bemerkte diese, "es ist schon schlimm, wenn man so eine alte Schachtel ist wie ich. Ich bin ja schon sechsundachtzig, und da merkt man sein Alter an allen Ecken und Enden. Auch hier oben der Gehirnkasten will nicht mehr so richtig funktionieren."
Sie tippt sich mit dem Zeigefinger an die Stirn.

"Aber Frau Poschmann, Sie sind doch noch total fit." Elsa nahm David, der gerade in Richtung Treppenhaus krabbelte, wieder auf den Arm und lächelte die Nachbarin an.

Diese, den Rückweg antretend, drehte sich auf der Treppe um: "Also, vielen Dank nochmals und entschuldigen Sie die Störung." "Sie können jederzeit zu mir kommen, wenn Sie Hilfe brauchen", rief Elsa ihr nach.

Sie war noch im Nachthemd und hatte immer noch nicht gefrühstückt, obwohl es auf zehn Uhr zuging. Und morgen wollten sie in Urlaub fahren, nach Sylt, Frank und sie und der Kleine, mit den Schwiegereltern. Dann würde David zum ersten Mal das Meer sehen.

Gedankenverloren nippte Elsa an ihrem nun fast kalten Kaffee und versuchte, gedanklich den Tag zu strukturieren. Die

Koffer standen halbgepackt und noch offen im Schlafzimmer, das sie abgeschlossen hatte, damit David nicht alles wieder ausräumen konnte. Einige Kleidungsstücke fehlten noch, da sie erst noch gewaschen werden mussten. Und wenn das nicht bald passierte, dann konnte sie alles vergessen.

Und immer noch war sie nicht geduscht und im Nachthemd und musste eigentlich runter in die Waschküche, wo die Gemeinschaftswaschmaschine und der Trockner standen.

Schon immer war Elsa eine Frau schneller Entscheidungen gewesen, und so zog sie kurzentschlossen ihren

Sommermantel über das Nachthemd, griff sich den Korb mit der Schmutzwäsche, klemmte ihn unter den linken Arm und David unter den rechten, machte sich auf den Weg in den Keller und nach getaner Arbeit wieder nach oben in Richtung Wohnung.

"Jetzt schauen wir noch, ob wir Post gekriegt haben", schmeichelte sie dem Kind ins Flaumhaar, dankbar, dass es so still hielt und trat ins Freie, um die Tageszeitung aus dem Briefkastenschlitz zu ziehen.

Um die Hausecke bog Jürgen. Er wurde gezogen von seinem Hund, der wild bellt und in Richtung Hauswand strebte. "Da,

Wauwau", sagt David und deutet mit ausgestrecktem Finger auf das Tier. "Guten Morgen", rief Elsa und "was hat Wally denn?" - "Du, da ist eine Ratte im Lichtschacht", erwiderte der Nachbar und versuchte mit großer Anstrengung, die an der Leine zerrende Hündin zu zähmen. "Ach komm!", meinte Elsa und setzte David für einen Moment auf den Rasen. Sie ging in die Hocke, und dann sag sie das Tierchen. "Jürgen, das ist keine Ratte.", sagte sie, "Das ist nur eine Maus", und zu ihrem Sohn gewandt: "Schau mal David, ein süßes Mäuschen! - Ach Gott, das arme!"

Im den vergangenen Tagen hatte es viel geregnet, und in dem verstopften

Lichtschacht stand zentimeterhoch das Wasser. Und darin schwamm die Maus.

"Und was machen wir jetzt?", Jürgen griff sich ratlos ans Kinn und hatet seine Mühe, den tobenden Hund in Schach zu halten. "Weiß auch nicht." Elsa zucket mit den Schultern.

Aber Rettung nahte. Frau Poschmann kam vom Einkaufen zurück. "Guten Morgen, meine Herrschaften! ", rief sie und dann: "Was ist denn hier los?"

"Da ist eine Maus drin", sagte Elsa und deutete auf den Lichtschacht.

Nun wurde Frau Poschmann aktiv: "Ach, junger Mann, heben Sie doch mal den

Rost da ab. Und Sie," – sie drehte sich zu Elsa um und deutete auf die Fußmatte vor der Haustür– „reichen mir dort den Abtreter!"

Und dann kniete sich die alte Frau auf die Matte und beugte sich tief hinunter zum Mauseschwimmbad. "Ach, machen Sie das doch nicht, Sie werden noch das Gleichgewicht verlieren", mahnte Elsa und, zu Jürgen gewandt: " Ich kann das gar nicht mit ansehen. Sie kann doch in ihrem Alter nicht solche Turnübungen machen!"

Frau Poschmann ließ sich nicht beirren. Sie hangelte nach der Maus, die immer hektischer hin und her schwamm und sich einfach nicht fassen ließ.

Schließlich richtete die Nachbarin sich auf und meinte kopfschüttelnd: "Nein, so hat das keinen Wert. Schieben Sie das Ding wieder drauf, Herr Pauly, damit niemand reinfällt! Wir werden es von drinnen aus versuchen."

Eine kleine Karawane setzte sich nun in Bewegung in Richtung Haustür. Vorneweg Jürgen mit dem widerstrebenden Hund, der lieber bei seiner potentiellen Beute geblieben wäre, dann Frau Poschmann mit ihren vom Einkauf gefüllten Plastiktüten und als Schlusslicht Elsa, immer noch im

Nachthemd unter dem Mantel, David auf dem Arm.

Das Fenster im Keller klemmte ein wenig, als Jürgen es öffnete, nachdem er Wally im Treppenhaus ans Geländer gebunden hatte. "Alles Schrott hier", sagte er, "müsste eigentlich auch mal erneuert werden. Aber was das wieder kostet!"

Die Nachbarin schob ihn resolut beiseite, griff beherzt ins Wasser und hate nach kurzer Zeit die Maus gefangen.

Nun gingen alle zurück in den Garten. "Was mach ich jetzt mit dem kleinen Schätzchen hier?" Frau Poschmann blickte liebevoll auf den zappelnden

Nager, den sie mit ihrer Hand fest umschlossen hielt.

Jürgen und Elsa tauschten einen vielsagenden Blick aus; Frau Poschmanns Tierliebe war legendär, und vor allem Greta und Frank waren Leidtragende, da sie direkt unter deren Räumen wohnten. Sie fütterte nämlich sommers wie winters sämtliche Vögel der Umgebung. Man kam sich zuweilen vor wie in jenem berühmten Hitchcook-Film, wenn die im Landanflug waren. Elsa sagte hastig und gleichzeitig betont beiläufig: "Ach, lassen Sie es doch einfach frei! Es braucht jetzt Erholung nach all der Aufregung", wohl wissend, dass dieser Vorschlag kaum akzeptiert worden wäre. - "Nein, nein, meine Liebe. Erst einmal soll es sich stärken. – Seien Sie so nett und gehen an meinen Einkaufsbeutel. Da ist frisches Tatar in einer Tüte. Es soll was davon bekommen." - „ Das muss doch nicht sein, Frau Poschmann, es findet genug Nahrung im Freien", versuchte es Elsa noch einmal – vergeblich.

"Doch, doch", die Nachbarin war unerbittlich und Elsa wusste, was nun kommen würde und schaute Jürgen an, der die Augen verdrehte. "Wissen Sie, ich bin seit Jahrzehnten Mitglied im Tierschutzverein. Ich kann das Tierchen nicht einfach so hungrig laufen lassen."

Und so klaubte Elsa mit Abscheu ein wenig von dem Fleisch aus der Tüte und gab es ihr.

Die Maus tobte vor Angst, zappelte und biss die alte Frau und Elsa flehte: "Lassen Sie das Tier doch endlich los! Das ist gefährlich, was Sie da machen. Man kann schwerste Infektionen und sogar Tollwut von einem Mausebiss bekommen!"

Endlich gab Frau Poschmann ihr Vorhaben auf, und die Maus sauste ab in die Freiheit und verschwand unter einem Busch.

"Was für eine Aufregung !" , seufzte Elsa, als alle ins Haus zurück gingen, und mit Blick auf Frau Poschmann verdrehte

Jürgen wieder die Augen, schüttelte den Kopf und sagte leise: "Das ist schon was mit unsrer Poschi!"

Diese zog sich bereits am Treppengeländer hoch und begann auf die für sie typische Art vor sich hin zu pfeifen, fast unhörbar, gemütlich wie ein Wasserkessel kurz vor dem Siedepunkt, drehe sich dann aber noch einmal um: "Ach, Herr Pauly, das Kellerfenster müsste wieder geschlossen werden. Wenn Sie bitte so nett wären."

"Ich geh mal wieder hoch, tschüs, Jürgen", meinte Elsa und strebte in Richtung Wohnung. "Ja, und schönen Urlaub Euch!", entgegnete Jürgen und lief

mit flinken Schritten die Treppe
hinunter.

Elsa schloss gerade die Wohnungstür auf,
als ein Scheppern und Klirren aus dem
Keller kam. "Was ist los?", rief sie, erhielt
aber keine Antwort.

"Jürgen, was ist mit dir?", schrie sie und
rannte mit dem Kind auf dem Arm so
schnell sie konnte die Treppe hinunter.
Da stand der Nachbar und war
kreidebleich. Er sprach mit
schleppender, angsterfüllter Stimme:
"Ich hab doch gar nichts getan. Aber
schau mich mal an. Ich hab doch nur
versucht, dieses verdammte Fenster

zuzumachen und dabei ist es zerbrochen."

Er streckte ihr die Hände entgegen, aus denen unaufhörlich Blut floss, und Elsa sah sofort, dass er schleunigst ins Krankenhaus musste.

Nach zwei Stunden klingelte es an ihrer Wohnungstür. Jürgen. Sein rechtes Handgelenk war bandagiert. "Weißt du, was allem noch die Krone aufsetzt?", sagte er: „Die Ärztin wollte mich gleich ins Waldkrankenhaus verlegen, da wo die hinkommen, die psychische Probleme haben. Sie hat mir nicht abgenommen, dass es kein Suizidversuch war. Mann, ich habe mich um Kopf und Kragen geredet, bis sie mich dann doch hat heimfahren lassen. Ich bin total fertig.“

“Komm erst mal rein”, sagte Elsa, die nun endlich geduscht und angezogen war, “David schläft, und wir können in Ruhe einen Kaffee trinken.“

Meine Katze

Sollt' eines Tages ich allein
Mit einer Katze leben
So werd' ich ihr im Abendschein
Makrele immer geben

Und morgens kriegt sie Milch ganz früh
Des Mittags andre Sachen
Im Bett mit mir kann schlafen sie
Und lange Heia machen.

So wird es sein - die Katz und ich
Ein Herz sind, eine Seele
Und wer das findet fürchterlich
Kann gern sich weiterquäle.

Auroras Morgenröte

An jedem Abend deckt sie vor dem Schlafengehen den Frühstückstisch in der Küche. Das ist die einzige Handlung in ihrer Haushaltsführung, bei der sie konsequent ist, denn sie weiß, dass es sich lohnt, das zu tun: Sie wird dann am nächsten Morgen diese Arbeit nicht mehr vor sich haben. Eigentlich ist sie eher schlampig, was sie selbst aber nebensächlich findet. Es gibt viel Interessantes im Leben, so wie den Wissenschaftsbereich der Etymologie und Herkunft und Bedeutung ihres Namens zum Beispiel: Aurora. - Auf was für eine seltsame Idee ihre Eltern da seinerzeit gekommen sind!

Horst hatte gelacht, laut gelacht hatte er, den Kopf nach hinten geworfen vor lauter Lachen. Sie hatten sich gerade beim Tanzen kennengelernt, und er hatte sie gefragt, wie sie heißt. Und sie hoffte doch so sehr, er möge nicht auf diese Art reagieren, sondern ganz neutral damit umgehen.

Sie selbst hasste diesen Namen von dem Augenblick an, als sie in die Schule gekommen war. Damals sang Werner Hollmann ganz laut und übertrieben, so dass jeder es hören konnte: "Aurora mit dem Sonnenstern" und schickte noch

"Warum mag das die Hausfrau gern?" hinterher, so wie man es täglich im Reklameteil im Rundfunk hören konnte. Und ein paar Tage später hatte er sie hämisch angeschaut, von oben bis unten, und mit böser Stimme "Na, du vermehlte Existenz" zu ihr gesagt. Sie hatte ihm die Zunge rausgestreckt, was alles aber noch viel schlimmer machte, denn er höhnte: "Einen schönen Schlabberlappen hast du da. Damit kannst du sicherlich besonders gut dein Mehl aufschlecken."

"Was eine "Existenz" war, wusste sie damals mit ihren erst sechs Jahren nicht. Was sie jedoch wusste war, dass Werni Hollmann der mit Abstand hübscheste Junge in der Klasse war: schlank und hellblond, mit strahlend blauen Augen. Dass "Aurora" die Marke eines Mehles war, das aber war ihr auch nur zu gut bekannt.

"Aurora", hatte Horst gesagt und sein dreckiges Lachen gelacht, "Kreuzworträtsel: Die Göttin der Morgenröte. Aurora." - Doch dann stutze er einen Moment, schaute sie mit nachdenklichen Augen an und sagte:" Aber wenn es mir so recht überlege, es muss schon ein schönes Gefühl sein, morgens neben einer solchen aufzuwachen." Und er hatte sie fest an sich gezogen und im Kreis herumgewirbelt und dann einfach auf den Mund geküsst, ganz zart erst und dann richtig. "Ich werde dich Aurikelchen nennen", flüsterte er ihr zu, als sie Wange an Wange tanzten, „das heißt nämlich Öhrchen und passt besser zu dir" und küsste sie wieder. Seit diesem Tag vor achtzehn Jahren waren sie zusammen.

Und so steht sie nun viele Jahre später wie die personifizierte Persiflage der Überirdischen von einst in ihrem Nachthemd, den Wollsocken und dem angeschmuddelten Bademantel unten im Haus in der noch kalten Küche und macht zuerst die Kaffeemaschine für Horst und dann den Kocher für sich selbst an, in den sie am Abend zuvor schon die für eine Jumbotasse erforderliche Menge an Wasser gefüllt hat. Geradezu gierig ist sie auf den stillen, einsamen Genuss einer schönen großen heißen Tasse von mit der Hand aufgebrühtem Hag-Milchkaffee und auf den ungestörten Blick in die Tageszeitung, bevor die anderen Familienmitglieder herunterkommen werden. Sie liebt den Geschmack des Genussmittels, die Ambivalenz, die es immer aufs Neue in ihr hervorruft: Seine bittere Herbheit, gemindert nur durch die Weichheit der Milch, wird es die Melancholie des bevorstehenden Tages vorwegnehmen auf eine sinnliche, fast erotische Weise, und im Unterschied zu ihrem Mann braucht sie nicht die aufputschende Wirkung des Koffeins.

Draußen werfen die Straßenlaternen noch ihr trostloses fahlgelbes Licht auf die fadenscheinigen Schneereste auf dem Bürgersteig. Alles hat so wenig gemein mit der Stimmung des gestrigen Nachmittags, als sie allein war und dies genoss: Die Dunkelheit war vor dem Fenster herabgefallen mit dem blasslila Licht des Schneewinters, so wie eine Sehnsucht nach etwas, das hinter der Zeit zu schlafen schien.

Jetzt aber würde gleich der Alltag sie gefangen nehmen und nicht mehr loslassen in seiner vereinnahmenden Banalität. Und so beeilt sie sich mit dem Aufbrühen des köstlichen Getränks.

Oben im Bad ist das Geräusch der Dusche verklungen. In wenigen Minuten wird Horst herunterkommen und sich an den Tisch setzen. Zuvor wird er ihr einen flüchtigen Kuss auf die Wange geben, dann seine Tasse mit dem Kaffee in die eine, den Sportteil der Zeitung in die andere Hand nehmen und kaum ansprechbar sein.

"Hast du die Kleine geweckt?", fragt sie, und ein abwesendes "Ja" ist die Antwort.

Das Kind betritt die Küche. Die Haare verstrubbelt, die Augen missmutig zusammengekniffen, quetscht es sich auf den Stuhl, hinter dem bereits der Hund liegt und geduldig auf sein Futter wartet:

"Musst du dich immer so breit machen, du dicker Mops-Sack du?"

"Na, mein Schatz", sagt Aurora, "gut geschlafen?"- "Nein", kommt es missmutig zurück. Sie gießt dem Mädchen heiße Milch in den Becher und kalte ins Müsli.

"Ist Jakob eigentlich wach?", fragt sie dann. "Keine Ahnung", erwidert ihr Mann und lacht verhalten hinter seiner Zeitung, "der ist vielleicht blöd, dieser Matthäus, diese Karikatur von Fußballspieler, so blöd wie nur was ist der doch, einfach unfähig!"

Jakob erscheint auf der Bildfläche, knurrt etwas in seinen Wie-gewollt-und-nichtgekonnt-Dreitagebart und lässt sich auf den Küchenstuhl fallen, der mit einen knacksenden Wehlaut antwortet.

"Willst du Brot oder Müsli?" fragt Aurora. "Weiß nicht", meint er. 'Also Müsli, ist eh gesünder', denkt sie und stellt ihm die Schale hin. Dann macht sie sich an das Belegen der Schul- und Bürobrote und sagt: "Also, Marie, du wirst aber heute keine Milch, sondern Mineralwasser mitnehmen, denn Milch..." - "ist kein Getränk, sondern ein Lebensmittel, das den Durst nicht richtig löscht, ich weiß, ich weiß". Maries Stimme ist schleppend und nachäffend, wird dann aber sofort scharf und fordernd: "Ich will aber kein Mineralwasser. Wenn du mir das mitgibst, dann trinke ich eben gar nichts." "Dann gib ihr doch eben Milch", grummelt Horst, und Jakob sagt: "Du nervst, Mama. Sie wird schon nicht sterben, wenn sie mal kein Wasser trinkt!"

"Du hältst dich da raus!", erwidert sie und stellt ihm mit harter Hand den Orangensaft hin. "Voll geil, die Stimmung hier wieder mal", sagt ihr Sohn und wuchtet sich aus seinem Stuhl, "ich geh mal hoch". "Willst du etwa jetzt erst deinen Rucksack packen?" Auroras Stimme ist scharf. "Ist das mein Leben oder deins?", fragt Jakob.

"Der Leier-Rohrfelder ist doch ein richtiger Verbrecher, dieser Fußballmogul, dieser Arsch", lässt Horst hinter seiner Zeitung wissen. Am Wochenende macht meistens er das Frühstück und isst dann fast immer ein Leberwurstbrötchen. Aurora findet das abartig, hat ihm das aber noch nie gesagt. Jakob ruft von oben: "Mama, wo sind meine Turnschuhe?" "Woher soll ich das wissen?" schreit sie zurück und "So ist das, wenn man sein Leben im Griff hat!" - "Deine zynischen Kommentare kannst du dir sparen", kommt es kalt zurück, "ich werde noch zu spät kommen." - "Und das ist mein Problem oder was?". Ihre Stimme schnappt fast über. "Kämm dich

doch bitte, Marie, es ist schon spät!" "Ja,
gleich", sagt die Kleine. "Ja, gleich, ja
gleich - sofort, sage ich!" Aurora fängt an,
sich selbst zu hassen.

"Ich geh schon mal das Auto aus der
Garage holen", meint Horst. Er will heute
die beiden Kinder in die Schule fahren,
weil das Wetter so schlecht ist.
Wenige Minuten später steht er vor dem
Haus und muss noch eine ganze Weile
warten, bis der Nachwuchs kommt.

Aurora winkt, gibt dem Mops zu trinken
und zu fressen. Dann setzt sie sich und
führt die Tasse mit dem Kaffee an die
Lippen.

Er ist kalt, wie immer.

Begegnung

Zur Seite schob ich
Die Schatten vor deinem Gesicht

Kam an bei dir und küsste
Unser Leben in dieser Herbstnacht

Wie durstig ich war
Nach deinen Küssen
Wie hungrig
Nach dir und mir!

Werd' kommen und immer wieder
 trinken und nie still sein

Wir sind unsre Mitte
Verstehst Du?

Angst

Sie versuchten, ihr die Angst auszureden, indem sie den Indianerspruch von sich gaben, wieder und wieder: "Ein tapferes Mädchen bist du", sagten sie und: "Siehst Du, Du musst nicht weinen, wenn Du die Zähne zusammenbeißt.

Jetzt ist sie alt und hat fast alle verloren. Ihr Biss ist weg.

Als Lene die Augen aufmacht, läuft immer noch der Fernseher und schickt sein krankes Blaugrau in flackernden Intervallen durchs Zimmer.

Sie muss eingeschlafen sein beim Spielfilm, so wie sie an fast jedem Abend vor der Glotze einschläft. Sie liebt dieses sanfte Wegdriften aus dem Alltag, diese Leichtigkeit des Hinübergehens ins Land hinter dem hellen Tag. Sie wünscht sich nichts sehnlicher, als durchzuschlafen und am nächsten Morgen als die junge, verliebte Frau von früher wieder aufzuwachen.

Sie setzt sich auf im Bett, hebt die Beine über die Bettkante und läuft auf nackten Füßen zum Fernsehapparat, drückt die grinsenden Gesichter und die dumpfbackigen Kalauer von Mario Barth und Co weg.

Stockdunkel ist es nun im Raum. Sie schlüpft unter die Decke, knäult sich das neue Daunenkissen, das sie letzte Woche nach längerem Überlegen gekauft hat, unter den Kopf - sie war schließlich zu der Überzeugung zu kommen, dass sie es sich einfach leisten müsste, denn das alte ließ Federn, seit langem schon. Mürbe und rissig war das Inlett, und Leukoplast hatte schließlich auch nicht mehr die Löcher verschließen können - und wartete auf den Schlaf.

Einfach einschlafen wieder. Warum nicht einfach einschlafen wieder?

Sie versucht, den Traum von vorhin zurückzuholen, sich mit ihm auf die Reise zu begeben jenseits der Zeit, wo Vergessen und Verschlüsseltes auf sie warteten und ihr die Kraft geben, den kommenden Tag zu meistern.

Sie dreht sich auf die linke Seite. Zum Glück kann sie das jetzt wieder, nachdem Jahre ihres Lebens hingegangen sind, in denen sie links überhaupt nicht liegen konnte. Ihre Rippen schmerzten damals so sehr, dass es kaum auszuhalten war. Wie eingerostet waren sie, weil sie das tiefe Atmen verlernt hatte.

Ein kräftiger Einatem hätte sie zu nahe zu sich selbst und ihren Bedürfnissen gebracht, und die meinte sie damals, sich nicht erlauben zu dürfen.

Da waren doch die Kinder und da war diese Angst, irgendwann einen ganz großen Fehler zu machen, weil sie nicht richtig aufgepasst hatte.

Einmal wäre es ja auch fast passiert, als David die Tür zum Dachbodenzimmer nicht wieder abschloss, nachdem er seine Gitarre von oben geholt hatte an diesem extrem heißen Sommertag, an dem alle Fenster weit offen standen. Lene hatte plötzlich seine kleine Schwester vermisst. Sie war damals erst vier Jahre alt. Bei ihr war noch das andere seltsame Kind, eine achtjährige Nichte um zig Ecken, die mit ihren Eltern zu Besuch gekommen war. Ein Kind mit eigenartig grausamer Ausstrahlung, das unverhohlen seine Abneigung gegen die Kleine zeigte. Lene begann, die Kinder zu suchen, nachdem ihr Rufen ohne Antwort geblieben war. Sie wusste sofort, wo sie waren und dass es um Leben und Tod ging und sie sich beeilen musste, falls da überhaupt noch eine Chance war, sie unversehrt zu finden.

Und so war sie die zwei Stockwerke hinaufgerannt mit ihren Beinen, die auf einmal ganz stark waren, obwohl sie eigentlich wegknicken wollten vor lauter schlimmer Ahnung.

Ihre kleine Tochter saß auf dem Mäuerchen, das eine Abgrenzung zum Nachbarhaus darstellte. Sie saß an der

Schmalseite in Richtung Straße und ließ
die Beinchen baumeln, zehn Meter unter
sich den Vorgarten mit den
Pflastersteinen, die der Nachbar
zwischen sein und ihr Haus gelegt hatte.

Das andere Mädchen stand nah bei ihr,
hatte die Hände gehoben, wollte sie
schubsen, wollte sie runterstoßen,
wahrscheinlich.

"Hallo, mein Schätzchen!", hatte Lene
gerufen, ganz zart und ruhig, um ihr Kind
nicht zu erschrecken. Und als es sich zu
ihr herumdrehte, breitete sie die Arme
aus. Die Augen des Kindes hielt sie fest
und ließ sie nicht mehr los mit ihrem
Blick und bewegte sich lächelnd und

schmeichelnd ganz langsam in Richtung Mauer: "Na, komm, mein Liebling, komm her zu mir!"

Und das Kind war heruntergesprungen zu ihr, zu ihr, zu ihr. Sie griff es ganz fest und hart und lief zur Loggia-Tür mit ihm.

Dann befahl sie dem größeren Mädchen auch zu kommen und machte den Riegel vor.

Und dann schrie sie und schrie und schrie und konnte nicht mehr aufhören. Sie fiel auf die Knie und schluchzte und rief den Schutzengel an und dankte ihm und weinte vor Glück.

Doch dann waren die vielen Grauensnächte gekommen, immer und immer wieder: Sie stand auf der Loggia und ihr Kind fiel in den Tod, und sie hatte versagt und konnte weder leben noch sterben.

Lene hatte früh gelernt, ihr eigenes Dasein als Nebensache zu betrachten. Sie war es gewöhnt, nicht zu genügen, immer wieder zu versagen, stets das Falsche zu machen.

Früher war da der Bruder, der kranke, eine ganze lange Kindheit lang und darüber hinaus noch. Der kranke Bruder mit seiner schorfigen Haut und der

Kinderlähmung, die er zum Glück dann
doch gut überstanden hatte.

Der hatte alles Schlimme abbekommen,
und sie musste dankbar sein, dass es ihr
doch so gut ging. Wie konnte sie es dann
noch wagen, etwas für sich zu verlangen?
Das war doch vermessen!

Dem Bruder gebührte all die Liebe, nicht
ihr. Sie war ja gesund und das war doch
genug.

Und wie liebeswürdig der Bruder war,
trotz alledem: Für jeden hatte er ein
freundliches Wort, nie sagte er etwas
Böses. Jeder mochte ihn, sogar die
Nachbarin und der Gemüsehändler, und
in der Grundschule schon war er der

Lehrerin Lieblingsschüler. Und ein Junge war er und ehrgeizig und er brachte bessere Noten nach Hause als sie.

Lene aber war immer schon mit mürrischem Gesicht herumgelaufen, hatte sich mit anderen Kindern geschlagen bei jeder sich bietenden Gelegenheit.

Die Mutter schlägt auch oft. Der Bruder duckt sich, lacht und küsst ihr die Hände. "Mein süßes Muttilein", sagt er, und sie küsst dann zurück und lächelt.

Lene steht stocksteif, wenn sie eine Ohrfeige bekommt, dreht den Kopf, wirft ihn zurück: "Da, hau doch noch auf die andere Seite", sagt sie und kriegt eine zweite Backpfeife.

"So wie ich musst du das machen!", sagt der Bruder. "Ich bin doch kein Hund", sagt sie. "Nee, aber du bist dumm."

"Dummheit und Stolz wachsen auf einem Holz", sagte die Mutter immer und später, als Lene halbwüchsig war: "Weißt du, Jungen wollen immer nur das Eine. Da musst du aufpassen. Da muss man Stolz zeigen, sonst gerät man leicht in Verruf."

"Du hast meine Hände", sagt die Mutter zum Bruder, "die gleichen gewölbten Nägel. - Ich habe meine Hände immer gemocht." Und sie streichelt seine Hände.

"Und wessen Hände habe ich?", fragt Lene.Die Mutter nimmt Lenes rechte Hand in ihre und schaut sie nachdenklich an: "Du hast Vaters Hände. Sie sind schön, haben aber so etwas Zimperliches und dann noch etwas anderes, das Vaters nicht haben, so etwas Rabiates", meint die Mutter. "Ich sehe es noch wie heute vor mir: Da schaue ich um die Mittagszeit aus dem Küchenfenster und sehe ein Kind mit dem Regenschirm auf ein anderes eindreschen. Und dann erkenne ich, dass du es bist, die da schlägt."

"Magische Hände hast du. Zauberhände, die einen hinauf bis zur Seele streicheln können", sagt Frank in der ersten Nacht, bevor er sie wieder liebt.

"Und irgendwann werden sie unser Kind halten", denkt sie und ist eins mit sich.

Zur Nebensache war Lene geworden in der Familie mit Eltern und Bruder, und alles , was sie tat an Bemerkenswertem, war es nicht wert, bemerkt zu werden. Und das andere, das den Eltern Anteilnahme an ihr abforderte, war ihnen nur lästig.

Vielleicht waren die schlimmen Einschlafschwierigkeiten, die sie damals schon an jeden Abend hatte, der Versuch, nicht ganz zu verschwinden, irgendwann einmal in den Weiten und dem Grauen der langen schwarzen Nacht. Und außerdem musste sie doch aufpassen auf den Bruder und hatte Angst um die Eltern, wenn die abends mal ausgegangen waren. Dann stand sie stundenlang am Fenster ihres Kinderzimmers, während der Bruder schon lange schlief und wartete und wagte es nicht, Pipi machen zu gehen, denn das würde die Eltern umbringen, da war sie sich sicher. Und wenn sie den weißen VW in die Einfahrt zur Garage biegen sah, wusste sie, dass sie die Familie gut bewacht hatte und nichts Schlimmes mehr passieren konnte.

Jetzt aber, da der Bruder lang schon erwachsen ist, so wie sie, eine eigene Familie hat und zudem gebrochen hat mit ihr, da er nicht zurechtkommt mit ihrem spät erwachten Selbstbewusstsein, ihm ihr Widerspruch und ihre eigene Meinung nicht gefallen, gibt es keinen Grund mehr, wach zu bleiben. Sie kann ganz beruhigt sein: Am Morgen wird sie wieder aufwachen und Frank und die Kinder werden um sie sein.

Aber hat sie so viel Glück verdient? Glück und Glas - wie leicht zerbricht das.

Der Bauch tut weh. Seit vorgestern ist die Angst aus den Nebenhöhlen verschwunden und in den Unterleib gekrochen. Da schleppt sie sich herum und flüstert von Krankheit, Schuld und Tod und von der Vergeblichkeit, auf Erlösung hoffen zu dürfen.

Gedanken an Paula

Im Moor, da leben die dunklen
Menschen. Die Männer stechen den Torf,
und wenn die Nebel kommen, dann
gehen sie in ihre Katen und legen ihre
rauen Hände auf glühend heiße
Köpfchen.

Wie kann uns eins nach dem anderen
geholt werden von einem Grausamen!

Und kein Geld für den Arzt.

Auch ein fremdes Kind kann man lieben
und beim eigenen sterben, so wie es bei
Paula war.

Da kommt sie ins Zimmer und zeigt das
gerade geborene Mädchen, setzt sich in

den Lehnstuhl in ihrem sauberen Kleid, hübsch und geputzt sieht sie aus zur Feier des Tages, schließt die Augen und macht sie nie mehr auf.

Und Lisbeth, die Große, schreit: "Mama, liebe Mama!" und dann weint sie.

Amrumer Frühling

Etwas faucht unter den Bohlen und zeigt sich dann auch gleich mutig.

Stolze Gans mit den weißen Daunen am Hinterteil und dem hellroten Schnabel, ich weiß, ich weiß, schöne Babys hast du jetzt, denn der Frühling ist da! - Grüngoldene Kinder, so weich, wie ich mir die Wolken male.

Vorhin webte ein Vogelschwarm hauchzarten Schleier in den Himmel, schwenkte ihn auf und ab, veränderte die Form, wurde mal dichter, mal weiter, drohte zu zerreißen dann, fand sich enger wieder, zog sich breit, dann wieder lang, und unten im Wasser blinzelte das

Sonnenlicht vieltausendmal in kleinen
Spiegeln.

Und dann fliegen Nebelfetzen am Sand
entlang. Dort, weiter draußen, wo der
Nebel undurchdringlich wird, darfst du
dich nicht drehen, sonst läufst du in die
Schneide vom „Blanken Hans", und dann
nimmt er dich mit glatter Hand und lacht
höhnisch über deine Dummheit.

Oben am "Alten Haus", sind die Ziegel so
rot wie heute nimmermehr. Die Salzluft
hat das Grün der Fenster ausgesucht, so
lange geputzt und gegerbt, bis es ihr
gefiel.

Mit weit auseinanderstehenden Augen schaut das "Alte Haus" unbeweglich auf die See, die irgendwo da hinten auf ihren Auftritt wartet, so wie immer schon, Tag für Tag, Jahrhunderte über Jahrhunderte.

Auf seinem Dach kreuzen sich die Pferdeköpfe und bewachen den "Roten Hahn", der toben kann im trockenen Reet wie kein anderer.

Die Veranda lebt noch nicht. Sie ist zu glatt noch, keine Narben zeigen die neuen Fensterrahmen, leer sind dort noch die Fensteraugen, ihr Lidschatten noch nicht verwischt von den Gezeiten.

Mama und Papa Graugans mit den beige-braun gestreiften Flügeln besuchen mich auf meinem Platz an den Dünen mit ihren fünf Kleinen.

Wie schön sie sind, die Gelbgrau-Goldenen!

Eure Flügelein werden noch wachsen, und ihr fliegt dann über das Meer und ohne mich.

Ich stehe auf nun und gehe fort. Demütig und wieder älter geworden.

Anderwelt

Es atmet der Mond

Dem murmelnden Bach

Ein Flüstern und Wispern

Ein Wiegenlied schön.

Den Ginster umarm ich

O Gaukler im Schein

Von Mädesüß trunken

Und der Nachtigall Lied.

Wie Feenhauch tanzt

Des Lebensbaum Espe

So flirrend und surrend

Gleich Irrlicht im Wind

Es fliegen die Graugans

Und Seele und Traum

Die Nixen und Elfen

Von Wolfsmilch berauscht

Herzflimmernde Lust

Steht lauschend und müd

Am Wunschbaum wie Glas

Zerbrechliches Sein.

Ein Frühlingsduft liegt in der Luft

Die Frau wer krank gewesen, und nun ist sie dabei, sich allmählich wieder zu erholen. Und so liegt siean diesem Nachmittag auf dem Sofa in ihrem Wohnzimmer und versucht zu schlafen. Die Grippe, die in ganz Europa grassiert, steckt ihr immer noch in den Knochen und zwingt zu häufigeren Pausen.

Als sie richtig bettlägerig war, hatte sie die Tage oben im Zimmer unter dem

Dach verbracht. Sie hatte in wohligen Fiebernebeln vor sich hinträumen können und sich wenig geschert an dem, was in der Welt vor sich ging.

Doch dann war sie am vergangenen Sonntagmorgen überraschend erfrischt aufgewacht. Die Luft, welche die Nacht zurückgelassen hatte, war kalt gewesen. Und so war sie aufgestanden, um die Dachluke zu schließen. Sie freute sich auf den Anblick, der sich ihr bieten würde, vertraut geworden in den vergangenen zehn Jahren, seit sie hier leben.

Wie immer lag da die Friedberger Altstadt mit ihren Häuschen und Häusern, die sich wie aufgeregte Kinder um die Stadtkirche drängen mit ihren ziegelroten Dachmützchen.

Doch etwas war an diesem Morgen anders und ganz besonders: Eine riesige feurige Sonne ging gerade auf, kraftvoll und unbeirrt, und drang auf ihrem Weg in den Himmel in alles ein, das sich ihr zeigte, tauchte die Gegend in Orangelicht und brachte die Dächer zum Leuchten und Glühen. Aus manchen der Schornsteine stieg Rauch auf, kerzengerade zunächst bei allen, eine kurze Strecke nur. Dann knickte er ab, zeigte synchron in die gleiche Richtung, im Gegenlicht weiße Fähnchen hissend, den Tag zu begrüßen.

Die Frau kniff die Augen leicht zusammen, um sie zu schützen und trotzdem etwas von diesem Wunder aus warmer Kälte und Stadt zu trinken. Sie blieb noch eine Weile stehen und atmete den Morgen. Sie wusste, dass es nun wieder bergauf gehen würde mit ihr.

Irgendwann war sie dann nach langer Zeit wieder mit dem Hund aufs Feld gelaufen an einem der schmutzigen Märztage. Sie hatte ihre Schwäche noch gespürt und war weniger zügig gegangen als sonst. Ihr war, als röche sie Krankheit hinter der tückischen Vorfrühlingsluft, die sich mit dem Güllegestank des Ackers zu einem trostlosen Geruchscocktail mischte. In diesem Moment hasste sie die

Wetterauer Landschaft. Alles war so modrig, so endzeitlich, so ausgelaugt in seiner ganzen überfütterten Erde, in die man Dünger stopft, so wie man eine Weihnachtsgans nudelt, aber ohne Hoffnung auf einen erlösenden Tod.

Die Lerche war wiedergekommen. Zum ersten Mal in diesem Jahr sang sie ihr Lied über dem Acker. Ein wenig zaghaft noch. Bald würde sie sich jubilierend in die Luft schrauben, höher und höher und sich nicht halten können vor Wonne in ihrem seligen Taumel, um sich dann plötzlich wie ein Stein herabfallen zu lassen und keinen Laut mehr von sich zu geben.

Anneliese und Tristan hatten ihr erzählt, sie täte das, um Feinde abzulenken, denn auf dem Boden angekommen, tripple sie im Schutz der Halme dann immer ganz eilig zu ihrem weiter entfernt liegenden Nest.

Mühsam war es gewesen, auf dem Feldweg zu laufen. Mit seinem Traktor hatte der Bauer im Winter Rinnen in den Boden gefurcht, breit und nachlässig, in denen sich das Wasser gesammelt hatte. Und so musste sie zeitweilig auf den aufgeworfenen verschorften Erdwällen balancieren.

In seiner hündischen Liebe folgte ihr der Rüde dicht auf den Fersen. Seine

Zuneigung war etwas, das immer noch
ihr Herz rühren konnte, und sie hoffte,
dass doch nicht alles verloren wäre.
Früher, als sie noch die Leidenschaft
spürte, die manchmal in eine Art
manische Hysterie mündete und sie
mitnahm in einen seltsamen Strudel und
wieder von sich stieß und in verzweifelte
Traurigkeit warf, war da noch Spannung
in ihr gewesen und Offenheit. Und so
hatte sie sich in jedem Frühling unbändig
und ungeduldig darauf gefreut, bei ihrem
Gang über die Felder in wenigen Tagen
schon das erste Grün wie einen Schleier
über dem jetzt noch nackten Boden des
Feldrains erkennen zu können und in
den darauffolgenden Wochen

mitzuerleben, wie es von Tag zu Tag höher wurde und sich schließlich zum zartweichen Grasteppich entfaltet hatte.

Und dann konnte man auch bald schon das verspielte Hirtentäschel mit seinen Herzfrüchtchen erkennen, den staksigen Ackerschachtelhalm und die Strahlenlose Echte Kamille, die ihren würzigen, sauberen Geruch in den Morgenfrieden und in die Mittagsluft hineinschenkte.

Später, im Juni, kamen ihre Lieblinge dazu, die Winden, die köstlichen kleinen in Weiß und Rosa, die sich in verschwenderischen Kaskaden über die erdenen Wellenkämme des Raines ergossen. Die meisten von ihnen gab es immer am „Steinernen Kreuz", und da hatte sie lange gestanden und nichts als geschaut.

Heute Morgen aber, als sie wieder lief und bemerkte, dass der Frühling nicht mehr aufzuhalten ist, war ihr das keine Freude. Alles atmete bereits die zukünftige Vergangenheit.

Eine große Bundesstraße würde man bauen, vierspurig angelegt, da wo sich Hochspannungsleitungen in den Himmel recken. Die Umgebung des alten Grabmals würde man „nett" herrichten mit domestizierten Blumen und Sträuchern, die zerkratzte Bank durch ein modernes Ensemble in weinrot ersetzen.

Etwas Dumpfes machte sich breit in ihr. Und sie dachte daran, wie es sein würde, wenn die Kraniche kämen in der nächsten Woche. Wenn der Sehnsuchtsschrei aus den Hunderten von Kehlen zu einer einzigen Melodie sich vereinen wird wie in all den Jahren zuvor, als er lockte und rief: „Komm, flieg mit mir, wir kennen den Weg ins andere Land, da warst du noch nicht, da leuchtet die Hoffnung, und eine milde Sonne scheint und lässt dich sein wie du bist und macht dich leicht und stark und verträumt und wach für das Höhere, das uns alle schuf und uns lenkt!" Würde der

Ruf der Glücksvögel sich dann vermischen mit dem Knattern der Helikopterrotoren, die seit Wochen schon ein anderes Lied am Himmel singen - das Lied von Rache und Ungerechtigkeit und Mordlust und unstillbarer Gier?

Die Frau auf dem Sofa spürt, wie ihr Herz rast und der Rücken ein einziger Schmerz ist. Das Licht, das von draußen ins Zimmer kriecht, ist nun kalt und macht den Raum grau und schäbig.

„Und?", fragt sie ihren Mann, als er die Treppe hochkommt, um eine Zigarette in der offenen Terrassentür zu rauchen, „Hat's schon angefangen?"

„Nein,", sagt der, „es verzögert sich immer wieder. Ich weiß auch nicht warum. Vielleicht kratzt sich der Oberbefehlshaber der amerikanischen Streitkräfte im Irak noch ein paar „schlagende Beweise" zusammen oder so, auch wenn sich – ich bin mir sicher - im Nachhinein herausstellen wird, dass das Argument, Hussein hätte Massenvernichtungswaffen, erstunken und erlogen ist."

Fünf Minuten später geht er zurück in seinen Raum, um auf den Beginn der Sitzung des UN-Weltsicherheitsrats zu warten, und sie fragt sich, wie lange all die Menschen diese verdammte

Unsicherheit noch würden ertragen können.

Und jetzt muss sie wieder an vorgestern denken, als sie und ihr Mann abends im „Friedberger Brauhaus" essen waren. Wie sonst auch, hatten sich an diesem Abend viele amerikanische Soldaten aus der Kaserne dort eingefunden und aßen und tranken Bier, als plötzlich eine Gruppe von ihnen aufstand und zu singen begann: .„ Cause I'm leavin` on a jet-plane. Don't know when I'll be back again. Oh babe, I hate zu go." – Peter, Paul and Marys Protestsong aus der Zeit des Vietnamkrieges.

Sie wäre am liebsten zu diesen halben Kindern gelaufen, hätte sie in die Arme genommen und ihre Gesichter gestreichelt und sie getröstet, obwohl es doch keinen Trost gab.

Sie streift die Decke vom Körper und beschließt aufzustehen. Es hat eh keinen Wert - sie wird ja doch nicht schlafen können.

Nachtrag 20.März 2003

Im ersten Golfkrieg nannten die amerikanischen Soldaten ihre Präzisionswaffen liebevoll „Baby". Nun ist das Kind erwachsen, hat viel gelernt und heißt „Almighty", der Allmächtige. Mit ihm fliegen sie in ein Land, das flüssiges Gold im Überfluss hat. Sie schicken ihn los, damit er den bösen Diktator töte und machen dabei auch wenige oder viele freundliche Menschen tot.

Sorry! „Kollateralschaden" nennt man das.

Noch haben viele der Jungs an der Front unverbrauchte, offene Gesichter.

Im Vorgarten verblühen Schneeglöckchen und die blasslila Krokusse. Die blauen Anemonen zeigen sich und Iris und erste Narzissen. Bärbel hat erzählt, dass sie am Samstag über der „Talaue"

Kraniche sah.

So richtig warm ist es noch nicht, aber
ein Frühlingsduft liegt in der Luft.

Kartoffeln mit Gloria

"Du weißt doch, dass ich Kartoffeln eher weniger gern esse", sagte Peter und guckte seinen immer leicht entgleist wirkenden Desinteresse-Blick, den Christine so gar nicht mochte, den sie, wenn sie ganz ehrlich war, geradezu hasste. Peters Lider hingen wie halb heruntergelassene Jalousien über seinen Augen, sein Blick wirkte gelangweilt, genervt, das Gesicht schien plötzlich flächig, und sie wusste, dass er in diesem Zustand dazu neigte, die Kommunikation genauso flach zu halten oder ganz einzustellen und sich einfach wieder seiner Zeitungslektüre zuzuwenden. "Aber wenn du willst" fuhr er fort, "dann gehen wir halt zu dieser Kartoffelparty bei Stahls, von mir aus." Christine biss sich fest auf die Unterlippe und verkniff sich einen Kommentar zu seiner destruktiven Art. Sie unternahmen wirklich nicht mehr besonders viel miteinander, und das Bisschen, was übrig geblieben war an Gemeinsamem verstand er immer wieder ganz wunderbar, ihr zu vermiesen.

"Hat Ute nicht gesagt, dass jeder ein Gericht mitbringen soll? Hast du dir schon was überlegt?" fragte er und blickte sie über die Gläser seiner Brille hinweg an, während er den Sportteil der Zeitung weglegte. Sein Gesicht wurde allmählich wieder runder, und das Kinn konturierte sich, als er die Brille absetzte und auf den Küchentisch legte.

Peter war immer noch ein attraktiver Mann, und dass er im Laufe der Jahre einiges an Gewicht zugelegt hatte, minderte keinesfalls seine Ausstrahlung. Im Gegenteil, fand Christine. Zudem gefiel es ihr, dass sie beide miteinander in einer gewissen Lässigkeit alterten und sich nicht aufhielten mit solchen Verbiesterungen wie täglichem Überprüfen des Gewichts, gegenseitigem Reglementieren, wenn einem von ihnen gerade mal wieder das Essen besonders gut schmeckte und er sich eine zweite Portion nahm.

Peter war ein Genießer und ein großzügiger Mensch. Das machte sie einander ähnlich und das Leben mit ihm im Großen und Ganzen gut erträglich.

"Ja", sagte sie " aber Ute meinte, dass es auf keinen Fall ein Gratin sein dürfte, den brächte bereits Gloria mit. Und auch keine einfachen Pellkartoffeln mit Quark, denn die hätten bereits Maurers für sich ausgedungen."

"Typisch Geli!" Peter lästerte gern. "Das ist genau das, was dieses Häuflein Elend dann wohl grad mal so hinkriegt, ohne gleich vor Erschöpfung zusammenzubrechen."

Normalerweise war sein Synonym für Geli immer "Das armselige Geschöpf. Er mochte weder ihre Zaghaftigkeit noch ihre überschlanke Figur mit dem schwach ausgeprägten Muskeltonus. "Hast du das gesehen?", hatte Christines Freundin Lydia gesagt - es war nach einer der Feten, die Christine und Peter ausgerichtet hatten und zu der auch Geli und ihr Mann Frank eingeladen waren - "sie ist zwar sehr schlank, was man von uns beiden ja nicht gerade sagen kann - aber sie hat dafür eine Hühnerbrust, und das sieht Scheiße aus."

Genau das meinte auch Peter, der eher auf große Brüste, ausgeprägte Hinterteile und ihm widersprechende Frauen stand.

Geli war nichts von alledem, und in ihrer Familie hatte Frank das Sagen, ohne dass man das sofort merkte, denn er arbeitete mit sanfter Gewalt und war schnell beleidigt, wenn mal was nicht nach seinem Kopf ging.

Christine war auch aufgefallen, dass Geli so was wie eine Oberweite nur andeutungsweise hatte, sich aber über dem Raum zwischen Gelis Brüsten die Knochen in einem kleinen Hügel nach oben wölbten, und sie verstand nicht, warum Geli ein Oberteil mit Ausschnitt trug, der diesen körperlichen Makel geradezu betonte.
"Das ist grad so, als würde ich bei meinen fetten Oberarmen ärmelfrei rumlaufen",

sagte sie zu Lydia. "Genau! Oder stell dir mal vor, ich zöge eines von diesen bauchfreien Oberteilen an, die dein Töchterlein immer trägt!", meinte die Freundin und hob das leger geschnittene weiße T-Shirt hoch und klatschte sich auf den immer noch appetitlich braunen, wenngleich ziemlich speckigen Bauch.

"Vorhin hab ich mit Ute am Telefon gesprochen. Ich wollte abklären, was wir denn nun am besten mitbringen könnten zu ihrer Kartoffelparty. Ich hab meinen geliebten Speck-Kartoffelsalat vorgeschlagen. Und sie meinte, dass ich ihn ruhig machen sollte, auch wenn Gloria den nicht ausstehen könn, weil er

sie immer an Luc und die ganze
beschissene Zeit mit ihm erinnere. Speck-
Kartoffelsalat war nämlich sein
Leibgericht", sagt Christine.

Luc, das ist Glorias Verflossener, den sie
immer so laut „Cheri" nannte, dass es die
ganze Nachbarschaft hören konnte,
bevor sie mit ihm in perfektem
Französisch parlierte, was sie aber nicht
davon abhielt, ihm irgendwann den
Laufpass zu geben, nachdem sie Günther
kennergelernt hatte.

"Was, diese narzisstische Kuh mag
keinen Speck-Kartoffelsalat? Und was,
bitte schön, ist daran so dramatisch? -
Dann soll Ute ihr eben sagen, dass sie die
Pellkartoffeln ihrer Freundin Geli mit

Leinöl essen kann. Das führt gut ab, sie kommt nicht vom Klo runter, und wir haben an dem Abend alle unsere Ruhe vor ihren hysterischen Auftritten."

Jetzt blitzen Peters Augen, und er ist wieder der Mann, in den Christine sich vor so vielen Jahren verliebt hatte.

Halloween

Blaustundenlicht

Kirchglockenlied

Der Mond wird rund bald sein

Und über Waldes Saum zieht

Schwer der müden Sonne

Letzter Schein

Die Fledermaus mit

Flatterschlag

Mit Schattenflug

Aus Schattenreich

Streicht dicht am Zaun

Gespenstergleich

Auf grauer Krume

Webt ihr Kleid die Nacht

Aus naher Winterzeit genäht

Für Vogelsang und

Blumenpracht

Ist's nun für lange Zeit

Zu spät, zu spät.

Geisterzug

Die neun kläglichen, in Papier eingewickelten Sahnebonbons, die Nora zum Glück noch in der Küchenschublade gefunden hatte, waren bereits, in drei Portionen aufgeteilt, an drei der Gespenster verteilt worden, die in immer kürzeren Abständen nun bei ihr klingelten.

Nichts hatte sie besorgt, gar nichts und hätte doch wissen müssen, dass sie heute wieder scharenweise unterwegs sein und ihr das frech-selbstbewusste „Süßes, sonst gibt's Saures!" entgegenblaffen würden, sobald sie die Haustür öffnete.

Im letzten Jahr waren einige der Kinder noch sehr jung gewesen, drei oder vier Jahre alt vielleicht, und hatten verschämt so etwas Ähnliches wie "Süsessaues!" vor sich hin genuschelt. Nora hatte jedes Mal eine kleine zärtliche Rührung verspürt, weil sie merkte, wieviel Mut sie aufgebracht hatten, das über die Lippen zu bringen. Und so verzieh sie ihnen augenblicklich, wenn sie sich noch nicht einmal bedankten für das, was sie ihnen gab, sondern schnell wieder zurück zu ihren am Gartentor wartenden Müttern liefen.

Sie ärgerte sich, dass sie in diesem Jahr so gar nichts im Haus hatte, weder Schokoriegel und Lollys noch welche von den kleinen Tüten mit den Gummibärchen, die früher ihre eigenen Kinder von jeder Kindergeburtstagsfeier mit nach Hause brachten.

In der Kammer fanden sich lediglich eine angebrochene Tafel Vollmilchschokolade, eine Packung mit Geleefrüchten, auch bereits geöffnet, und ein rosa-weißer Block Pfefferminzfondant, den sie eigentlich ihrer Mutter beim nächsten Besuch hatte mitbringen wollen. Diese liebte Fondant in jeder Form. Sie mochte den weihnachtlich glöckchengeformten, mit Schokolade umhüllten und den in giftigem Tannenbaumgrün mit vielen grellbunten Nonpareilles bestückten gleichermaßen. Und auf die später im

Jahr angebotenen österlichen gelben Nester, die jeweils drei bunte, mit Zuckerwasser gefüllte Zuckereier bargen, freute sie sich bereits im Winter. Zwischen den beiden christlichen Festen behalf sie sich dann immer mit diesem jahreszeitlich neutralen rosa-weißen Pfefferminz-Albtraum aus Zucker, künstlichen Aromen und Farbstoffen. „Der ist im Grunde genommen so widerlich süß, dass ich mich schütteln könnte", sagte die Mutter immer, „aber wenn ich ihn im Mund habe, kommt meine ganze Kindheit zurück."

Irgendwo mussten doch noch die orange-schwarzen Plastiktütchen mit dem Spinnennetz-Muster sein, die Nora vor

Jahren einmal bei CriCri gekauft hatte! Dann könnte sie wenigstens aus dem, was ihr zur Verfügung stand, kleine Überraschungssäckchen zusammenstellen. Nicht eingepackten Schokoladenbruch und nackte Geleefrüchte mochte sie den Kindern nicht in die hingehaltenen Plastikbeutel werfen. Das fand sie einfach zu unhygienisch.

Aus dem Blechschrank im Flur quollen ihr aus jeder der neun Schubladen, die sie nun nacheinander öffnete, nichts als Unnützlichkeiten entgegen, im Laufe der Jahre gesammelt und dann weggestopft: einzelne Kleinkinderhandschuhe, die muffig nach dem Schnee lang vergangener Winter rochen, sorgfältig zusammengebundene Bindfaden-Reste aus der Zeit, als sie noch Pakete in die nun untergegangene DDR geschickt hatte und blassrote Mandarinen-Netzchen. Die hatte sie eine Zeitlang gesammelt, weil sie sich, integriert in Schleifen, sehr nett als Geschenkdekoration machen.

Es klingelte wieder. Im Licht der Außenlampe sah sie direkt in die aufgerissenen Scream-Totenkopf-Münder der beiden hoch aufgeschossenen männlichen Jugendlichen. „Euch mach ich nicht auf", rief sie. „Ich hab nämlich Angst vor euch." Und obwohl der eine mit übertrieben zaghafter Kleinkind-Stimme „Wir sind aber ganz lieb" antwortete, trollten sie sich auch schon verständnisvoll davon.

`Da müsste doch noch irgendwo diese Freddy-Krüger-Maske sein, die Helga uns vor Jahren aus den USA mitbrachte. Und wenn wieder so jemand vor der Tür steht, dann ziehe ich die über und ihm rutscht das Herz in die Hose vor Überraschung und Entsetzen', dachte sie und bemerkte, dass sie kindisch vor sich hin kicherte. Sie begann sich auf die Suche nach dieser grauenerregenden Verkleidung zu machen: Einen Eierkopf hatte die, weit heruntergezogene Triefaugen, ein offenstehendes Sabbermaul, aus dem eine ekelhaft gelbe Plastiksoße floss – vergeblich.

Sie fand unter all dem Plunder einen Miniaturkürbis aus Terrakotta, der mit einem praktischen Holzstiel versehen war. `Wenigstens etwas', dachte sie, öffnete die Haustür und steckte ihn mit verstohlenem Blick zu all den Devotionalien, die ihre Reihenhaus-Nachbarin zur Feier des Halloween-Festes in einer Blumenschale dekoriert hatte. Dann ging sie zurück ins Haus, schloss die Haustür ab, löschte sorgfältig sämtliche Lampen und wartete im Dunkeln ab bis sich der Geister-Spuk verzogen hatte.

Arion Lusitan

Ingeborg Lehmann stand auf der Terrasse ihres Reihenhäuschens und schaute sich die Schadensbilanz der letzten Nacht an. Sie war fassungslos, denn das hatte sie nicht erwartet. Da war nach einer wochenlangen Trockenperiode, die nicht zu Ende zu gehen schien, vorgestern in den späten Nachmittagsstunden endlich der ersehnte Regen gekommen, hatte die durstige Erde satt getränkt. Und als sie merkte, dass es sich bei diesem Niederschlag nicht nur um einen kurzer Schauer handelte, hatte Erleichterung ihr Herz erfasst, die abgelöst wurde durch eine tiefe innere Ruhe. Sie hatte ihre Teekanne genommen und es sich am Fenster in einem Sessel gemütlich gemacht. Es schien ihr, als würden die Bäume und das Gras von Minute zu Minute immer grüner, und sie freute sich darauf, nun endlich die Schösslinge aus dem Frühbeet ins Freie pflanzen zu können.

Andächtig lauschte sie dem gleichmäßigen Rauschen des Regens, ließ sich in eine sanfte Melancholie treiben, bis sie hinter deren Rhythmus eine sich ständig wiederholende Melodie entdeckte, und sie sang lautlos mit: „Schatzilein, mein liebes Schatzilein". Da waren sie wieder, die Gedanken an ihn.

„Ach, Erwin", seufzte sie, „warum musste bloß alles so kommen?"

Erwin, ein stattlicher Mann, einsfünfundneunzig groß, aber kein Schlacks, sondern einer mit was auf den Rippen, Gewicht immer so zwischen 160 und 180 kg. Schon damals, als sie sich kennenlernten, war es das, was man als „ziemlich gut beieinander" bezeichnen konnte. Bei strömendem Regen war's, mitten in der Stadt, als sie, den Regenschirm vor sich haltend, dem Wind zu trotzen versuchte, einfach in Erwin hineingerannt war. Einem Reflex folgend, hatte sie die Arme nach vorn gestreckt, um sich an ihm festzuhalten, was ihr aber nicht gelang, denn sein gewaltiger Bauch verhinderte das. „Hoppla!", hatte er gesagt, während er sie auffing, und sie musste aufschauen, um sein Gesicht zu sehen, das leicht amüsiert auf sie herunterblickte. Ingeborg selbst war eine zierliche, feingliedrige, überschlanke Frau und sollte es bis an ihr Lebensende bleiben. „Sie sind ja ganz nass", sagte er und „darf ich Sie zum Aufwärmen zu einer Tasse Kakao ins Café Hauptwache einladen?" Seine direkte Art hatte ihr gut gefallen, und sie sagte ja. Und dann war es gekommen, wie es kommen musste, und es dauerte nicht lange, und sie waren verheiratet. Da die Großstadt Frankfurt ihnen auf Dauer zu laut und hektisch war, bezogen sie im beschaulichen

Friedberg ein Reihenhaus mit freiem Blick auf Burg, Altstadt und Stadtkirche und fühlten sich sehr wohl dort.

Erwin war ein sanfter Mann; ruhig, besonnen und zuverlässig. Er arbeitete als Beamter beim Finanzamt und verdiente einiges mehr als Ingeborg, die bei der Post hinter dem Schalter stand, Briefmarken verkaufte und Pakete entgegennahm. „Die sind doch viel zu schwer für dich", hatte er gesagt und ihr eine Stelle bei einem befreundeten Steuerberater besorgt, dem sie bis zur Verrentung die Korrespondenz erledigte. Kinder hatten sie keine. Wenn Ingeborg ehrlich war, hatte ihr auch immer ein wenig vor der Geburt eines Kindes

gegraut, dessen Vater der große, schwere
Erwin gewesen wäre, weil sie doch so
zart und klein gewachsen war. Und
waren sie sich nicht schließlich einander
auch mehr als genug? Ja, das waren sie in
der Tat: ein Paar, das sich selten stritt,
einmal in der Woche in die
Apfelweinwirtschaft „Rauscher" nach
Frankfurt Sachsenhausen fuhr, wo
Ingeborg „Schnitzel Wiener Art" und
Erwin Eisbein mit Kraut aß und meist
noch einen Nachschlag nahm. Ein zufrie-
denes Paar, das sich jedes Jahr aufs Neue
auf seinen Sommerurlaub in den Tiroler
Bergen freute. Erwin war immer wieder
stolz, wenn er sah, wie zerbrechlich sich
seine kleine, feine Ingeborg neben den

robusten Bergbäuerinnen ausnahm und machte ihr wunderbare Komplimente, und sie fühlte sich geborgen bei ihrem großen Erwin. Da war es wohl kein Zufall, dass sie dort in der herrlichen Alpenlandschaft auch ihre gemeinsame Liebe zu einer ganz bestimmten Art von Musik entdeckten.

Eines Tages hatte Erwin sie nämlich mit Eintrittskarten zum Bergsängerfest überrascht. Sie hatte eigentlich gar nicht so recht Lust gehabt hinzugehen, tat es mehr ihm zuliebe. Und da geschah es: Die wunderbaren Herzberger Windburschen traten auf und in ihr Leben und brachten Erwin und sie noch stärker zusammen, als sie es eh schon waren. Diese Musik würde sie einen im Leben und im Tod. Das wussten sie vom ersten Ton an. Da sang der eine Windbursch, der Wolfi, mit seiner herrlichen Stimme: „Schatzilein, ich will jetzt bei dir sein", und von da an versäumten Erwin und sie keines der Konzerte.

Viele Jahre war das nun her. Die Herzberger Windburschen aber traten immer noch auf. Ingeborg besaß jede einzelne ihrer CDs. Überwinden, diese sich anzuhören, aber konnte sie sich seit Jahren nicht mehr, denn eine brennende Wehmut hätte sie erfasst.

„Ich weiß nicht, was du an denen findest", hatte Irene gesagt, „die sehen doch irgendwie abartig aus: oben ganz schmal und dann gaaanz dick und rund. Und dann verjüngen sie sich nach unten wieder. Ich stelle mir immer vor, dass ich den beiden im Wechsel mit dem Finger in ihre dicken Bäuche piekse, sie dann leicht nach hinten kippen, ein wenig schwanken, sich langsam einpendeln und auf den kleinen Füßen zum Stillstand kommen. So wie Stehaufmännchen, die ja auch oft solche albernen Hüte auf dem Kopf haben."

So was verletzt! Aber Irene war schon immer ziemlich neidisch und gehässig gewesen. Ingeborg hatte sich vorgenommen, den Kontakt zu ihr in Zukunft auf das Notwendigste zu beschränken.

Und da stand sie nun und schaute traurig in ihren Garten. Von den Salatpflänzchen, die sie gestern so hoffnungsfroh ins Freie gesetzt hatte, waren nichts als abgenagte Skelette übrig geblieben. Das Basilikum war abgefressen bis auf die Stängel. Bei den Tagetes hatten die verdammten Nacktschnecken sich barbarisch an den Blütenknospen vergangen.

Ingeborg überkam eine grenzenlose Wut. „Na wartet", sagte sie laut, „euch werde ich jetzt den Garaus machen! Das Durchschneiden mit der Schere scheint ja nur immer mehr von Euresgleichen anzulocken. Ab heute werde ich Schneckentod einsetzen. Ich glaube, da ist noch was in der Gartenhütte, Erwin hat es doch noch besorgt." Sie machte sich auf den Weg, um nachzuschauen.

Da schellte es. Sie beeilte sich, durchs Wohnzimmer zur Haustür zu gelangen. Hinter der Milchglasscheibe sah sie deutlich die Konturen eines großen adipösen Mannes. „Erwin!", dachte sie, „Es ist Erwin!", bis sie gewahr wurde, dass sie sich irrte. Erwin war tot. Seit drei Jahren schon. „War zu erwarten", hatte der Arzt gesagt, „ein derartiges Übergewicht hält kein Herz auf Dauer aus." Das hatte er gesagt, dieser arrogante Fatzke. Was wusste der überhaupt von ihr und Erwin und ihrer großen Liebe? Sie öffnete die Haustür. Ein Riese mittleren Alters mit rotbraunem, fast schon ins Orange gehenden Haar, das er glatt nach hinten gekämmt hatte, sah ihr verbindlich lächelnd entgegen. Sein hellbrauner Trenchcoat spannte um Hüften und Bauch des massigen Körpers.

„Guten Tag, gnädige Frau. Ich hoffe, ich störe nicht und will sie auch gar nicht lange aufhalten. Mein Name ist Lusitan. Es könnte sein, dass ich für Sie ein interessantes Angebot habe. Wie ich hörte, leidet die ganze Gegend hier unter einer großen Schneckenplage. „Schneckweg" heißt die Firma, für die ich arbeite, und sie garantiert Ihnen absolute Schneckenfreiheit und das für alle Zeiten, wenn sie unser Produkt „Schreck den

Schneck" anwenden. Darf ich Ihnen das dalassen und übermorgen wiederkommen, damit wir für Sie eine maßgeschneiderte Lösung entwickeln können?"

Mit einer eleganten Verbeugung überreichte er ihr einen Prospekt, auf dem links saftig-grüne Pflänzchen abgebildet waren und auf der rechten Seite deren klägliche Überreste nach einem durch Schnecken angerichteten Massaker. In grelloranger Schrift sprang ihr der Satz „Dank Schneckweg Schluss mit dem Schneckenheckmeck" ins Auge. „Ja", sagte Ingeborg, „Sie schickt mir der Himmel – schauen wir mal, ob Sie mir helfen können." Und dann musste sie schnell ins Haus, weil das Telefon klingelte. Irene! Die hatte das seltene Talent, immer zu den ungünstigsten Zeiten anzurufen und banales Geplapper von sich zu geben. So auch jetzt.

Voll Begeisterung erzählte die Freundin vom neuesten Hit ihres Schlagerfavoriten Tim Baster, einem alternden Lackel mit schwarz gefärbten Haaren, der eine ganz schrecklich Deutsch-Countrymusik machte. Den wollte sie offensichtlich als Konkurrent zu Ingeborgs Windburschen aufbauen. Als ob dieses Hemd von Mann sie überhaupt hinterm Ofen hätte hervorlocken können!

Herr Lusitan hielt Wort und stand zwei Tage später vor der Haustür. Er streckte ihr einen kleinen Strauß matt orangefarbener, betäubend duftender Blumen entgegen: „Es sind nur Fresien. Lieber hätte ich Ihnen meine Lieblingsblumen Tagetes mitgebracht, die sollen sich aber nicht so gut in der Vase halten." „Ach, meinte Ingeborg", die liebe ich auch am meisten. Aber leider, die Schnecken! Die haben sie alle aufgefressen. Ich glaube, ich werde wirklich diese Giftkügelchen einsetzen müssen. Es sei denn, Ihr Angebot überzeugt mich."

„Das wird es, Gnädigste", erwiderte Herr Lusitan, „da können Sie ganz beruhigt sein. - Allerdings muss ich zu meinem großen Bedauern unser Beratungsgespräch verschieben. Es ist mir ein unerwarteter Termin mit der Geschäftsleitung dazwischengekommen. Können Sie mir noch mal verzeihen, wenn ich Ihnen sage, dass ich mir dann aber auch besonders viel Zeit für Sie und Ihr Problem nehmen werde?" - Wie charmant dieser Mann doch war! Sie verabredeten sich für den nächsten Nachmittag.

Ingeborg hatte Glück und auf die Schnelle noch einen Friseurtermin für den Vormittag bekommen. Das rosa Dirndl mit dem halsumspielenden mattbeigen Rüschenblüschen unterstrich die

Wirkung ihrer immer noch schlanken Taille. Der tiefe Ausschnitt brachte ihre erstaunlich straffen, kleinen Brüste, denen die Jahre kaum was anhaben konnten, wunderbar zur Geltung. Sie fand, dass sie keineswegs zu alt für einen Push-up-BH war.

Nicht, dass sie etwa was von Herrn Lusitan wollte, der war dann wohl doch ein bisschen zu jung für sie. Aber war es nicht ein schönen Gefühl, besonders nett und adrett auszusehen, wenn man Besuch erwartete? Ein wenig Herzklopfen hatte sie schon, als sie ihrem Gast die Tür öffnete. Auch er hatte sich schick gemacht, stand da in einem gut geschnittenen braun changierenden

Anzug, der seinem Körper eine gewisse
Geschmeidigkeit zu geben schien. Sein
Gesicht war sportlich gebräunt und
schimmerte wie aus sich selbst heraus in
diesem ungewöhnlichen Terrakotta-Ton,
den sie zuvor noch nie an einem
Menschen sah, der ihr aber sehr gefiel. Er
begrüßte sie mit einer tiefen Verbeugung
und einem Handkuss. Dann bückte er
sich nach hinten und zauberte hinter
seinem Rücken eine große flache
Holzkiste hervor, in der die kräftigsten
und farbenschönsten Tagetes-Pflanzen
waren, die Ingeborg je gesehen hatte:
hellgelbe, braungelbe, zweifarbige und
orangebraune, die fast den Farbton von
Herrn Lusitans Haar zu haben schienen.

„Gnädigste, ich hab mir erlaubt, den Versuch zu machen, zumindest ein klein wenig Schadensbegrenzung vorzunehmen", sagt er galant. Soll ich die Blumen gleich in den Garten bringen, damit wir sie einpflanzen können?"

Auch hier kam es, wie es kommen musste. Nach getaner Arbeit – Ingeborg gab ihrem Gast gern zum Schutz vor Schmutz den grauen Gartenkittel ihres verstorbenen Mannes – tranken die beiden erst einmal Kaffee und stärkten sich an dem Rhabarberkuchen, den Ingeborg mit viel Liebe gebacken hatte. Während sie nur ein Stück aß, nahm Herr Lusitan, voll des Lobes ob des köstlichen Geschmacks und nach gutem Zureden ihrerseits den ganzen übrigen Rest. Dann traute er sich, sie nach ihrem Vornamen zu fragen und nannte den seinen: „Arion". Ein seltsamer Name, der sie an Ariel, den Luftgeist erinnerte oder, profaner, daran, dass sie am Tag zuvor total vergessen hatte, ihre Kochwäsche zu machen. Egal, wie er heißen mochte, erinnerte sie dieser schwere, riesige, freundliche Mann immer stärker an Erwin. Sie stand auf und holte einen Piccolo aus dem Kühlschrank, denn schließlich musste aufs Du angestoßen werden.

Als Arion sich dann aber noch die CD-Sammlung anschaute und ganz begeistert darüber war, die Lieder der Herzberger

Windburschen zu entdecken, konnte
Ingeborg sich nicht mehr zurückhalten.
Sie schob eine der Scheiben in den
Player, und augenblicklich erklang die
vertraute Stimme von Wolfi. Beim
„Schatzilein, ich will jetzt bei dir sein",
war es Arion, der plötzlich bei ihr war,
sie im Arm hielt, sie im Kreis
herumwirbelte und beim nächsten
Refrain in ihr Ohr sang: „Schatzilein, ich
will jetzt in dich rein." Und dann lagen sie
beieinander, und Ingeborg war froh, dass
sie das stabile riesengroße Bett, 2,30 auf
2,55 m, eine Sonderanfertigung der
Schreinerei Sternal, nach Erwins Tod
nicht entsorgt hatte. Arion war jetzt ganz
dicht bei ihr, küsste sie voller Zärtlich-

keit, streichelte mit kräftigen, nachdrücklichen Bewegungen ihren Bauch und ihre Schenkel, knabberte mit festem Kiefer an ihren Lippen. Und sie bemerkte voll Erstaunen, wie sehr ihr das gefiel. Und dann spürte sie seine harte, raue Zunge in ihrem Mund an ihrer Zunge und schmeckte im nächsten Moment ihr eigenes Blut, was sie noch stärker in Erregung versetzte. Er legte sich auf sie, wurde schwerer und schwerer, und sie wusste, dass das Glück zu ihr zurückgekehrt war. Die Leidenschaft war's, die sie so vermisste, drei lange Jahre lang. Er begann wieder zu sprechen, dicht an ihrem Ohr, heiser und erregt, bedächtig und doch zielstrebig, so wie es auch Erwins Art war, wenn er sich zu ihr legte. „Du besonderes Schätzlein, Rehlein im grünen Wald. Wie schön, dass ich so nah bei dir sein darf und dich nehmen kann und du mich spüren kannst, meine Kleine, Zarte, so eng spüren kannst, so dicht spüren kannst, so unabänderlich spüren kannst, so wie sie dich spürte, sie, als du dich hinunterbeugtest zu ihr. - ‚Was ist das?', dachte Ingeborg, denn seine Stimme schien sich zu verändern, kaum merklich, sie wurde zischelnd und bedrohlich und plötzlich ganz kalt, als er sagte: „Durchgeschnitten hast du ihn, einfach so durchgeschnitten, den schönen, üppigen Körper meiner

200

geliebten Frau Ariola, einfach in der Mitte durch. Und jetzt willst du mich und die Meinen mit Schneckentod umbringen, du mickriges Etwas? Mich, der ich Arion lusitanicus, der Schneck bin, mich, den stolzen König der Spanischen Wegschnecken? Genau das werde ich verhindern, verstehst du mich, Schatzilein? O Schatzilein, da kannst du noch so schrein .." Drohender wurde seine Stimme, schwerer und schwerer lag er auf ihrer Brust, nahm ihr die Luft zum Atmen, drückte sie fester und fester an sich, setzte seine Zunge immer gnadenloser ein und spritzte Todespanik in jede ihrer Adern, bevor er sie mit unerbittlicher, grausamer Härte nahm.

Dann wurde es dunkel um sie. Sie hörte
sein gieriges Schmatzen und versank in
Schmerz und Glibber und Schwärze.

✳

Vergeblich hat Irene versucht, Ingeborg
zu erreichen. Ingeborg bleibt
verschwunden. In ihrem Haus hat die
Polizei nichts Ungewöhnliches entdeckt.
Außer einer schmalen glitzernden Spur
aus Schleim, die vom Doppelbett in den
hinteren Garten führt, in dem unzählige
Nacktschnecken sich in aller Ruhe im
unablässig vom Himmel kommenden
Landregen an Blatt und Blüten der
Tagetes-Pflanzen laben. Eine Schnecke ist
auffallend groß und dick und von einer

eigenartigen orangebraunen Farbe, die wie aus sich selbst zu leuchten scheint. Sie legt ein besonderes Fressgeschick an den Tag, scheint die Pflanzen geradezu zu verschlingen.

„Wie ekelhaft!", sagt der Hauptkommissar zu seinem Assistenten in der Zigarettenpause auf der Terrasse. „Sie haben eine Raspelzunge, weißt du, und vertilgen alles, was ihnen in den Weg kommt."

Inhaltsverzeichnis